目次

※この作品は竹書房ラブロマン文庫のために
書き下ろされたものです。

― 書き下ろし長編官能小説 ―

人妻 痴女くらべ

庵乃音人

竹書房ラブロマン文庫

第一章　忘れえぬ艶女

1

「ほんとにおいしかった？　無理してない？」

「おいしかったよ、マジで。瑠奈《るな》って、ほんとに料理うまいよな」

「え。そ、そうでもないけど。フフ……」

世辞のつもりはなかった。だが山内隆《やまうちたかし》が賞賛すると、瑠奈は照れくさそうに顔を赤らめる。

そんな愛くるしい妻の姿に、今夜もキュンと股間がうずいた。

二人でキッチンの流しに立ち、汚れた食器の後片付けをしている。手慣れた動作で瑠奈が食器を洗い、隆が水気を切って布巾で拭いた。

いつもと変わらない食後の儀式。

瑠奈との結婚生活も、もう三年目になる。

「でも、ナンはもうちょっとしっかりこねたほうがよかった気がするのよね」

食器を洗う手を止めることなく、瑠奈は反省の弁を口にした。

今夜はインド料理を楽しもうということになり、お手製のスパイスカレーとナンを作ってくれたのである。

「そっかあ？　俺的にはメチャメチャ旨《うま》いナンだったけどな」

隆は首をかしげ、素直な感想を口にした。

「そもそもさ。初めて作ったっていうのに、しっかりとナンに見えるだけでも上出来だと思うよ」

「まあ、そう言ってもらえると……」

夫に誉められ、瑠奈はまんざらでもなさそうに相好《そうごう》をくずす。

「スパイスカレーも絶品だったしさ」

そんな妻に、さらに隆は言った。すると瑠奈は一段とうれしそうな顔つきになる。

「あ、うん。カレーのほうは、私も我ながらよくできた気がする」

「だよな。えらい、えらい」

「あ、えへへ……」

エプロンで手をぬぐい、栗色の髪をいい子いい子と撫でてやる。瑠奈はくすぐったそうに身をよじり、ますます頬を紅潮させた。

「……」

隆は気づかれないよう、チラッと妻を盗み見る。瑠奈は色っぽく口もとをゆるめ、食器洗いをつづけた。

隆より六歳年下で、今年二十八歳になる。

どこか幼げな雰囲気を漂わせたその容姿は、まだ二十代前半――いや、女子大生だと言われても納得してしまうイノセントさだ。

睫毛《まつげ》の長い大きな瞳が、いつもくりくりとよく動いた。ぽってりと肉厚な唇は艶《なま》めかしいピンク色で、ふるいつきたくなるような健康美を感じさせる。

父性本能をくすぐる小顔をいろどるのは、明るい栗色のショートボブ。そんな中性的なヘアスタイルもまた、どこか少女っぽい瑠奈の魅力とよくあっていた。

きめ細やかで張りに満ちた美肌。色の白さにも恵まれている。

結婚をすることになり、大学時代の友人たちに紹介をしたときには、みんなにうらやましがられたものである。

そんな瑠奈の可憐な美しさは、結婚して三年目に入った今もまだ、隆のハートを鷲《わし》づかみにしていた。

（しかも……）

さりげなく食器を拭きながら、隆はなおもこっそりと妻を見る。視線を下降させて見つめたのは、胸もとの豊満なふくらみだ。

ピンクのエプロンを押しあげて、ボリューム感あふれるおっぱいが窮屈そうに盛りあがっていた。Ｆカップ、八十五センチはあるみごとな巨乳。あどけなさを残した美貌とダイナミックな乳房のギャップは、はっきり言って反則クラスの破壊力である。

今夜の瑠奈は黄色いＴシャツに、ブルーデニムのショートパンツを穿いていた。

そんな姿でさらにエプロンを身に着けると、二十八歳の女体からにじむ、みずみずしいエロスは、よけい淫靡《いんび》な艶《つや》を増す。

「ただ、欲を言ったらスパイスカレー、もう少し辛くてもよかった気がする。ねえ、そう思わない、隆さん」

瑠奈は洗い物をしながら、なおも今夜の献立を話題にした。プリプリとヒップをふり、スポンジで皿の汚れをぬぐう。

そのたび、たぷたぷとおっぱいが揺れた。重たげに房を踊らせるあまり、服とエプロンが擦れて乾いた音を立てる。

（おおお……）

乳房がはずむいやらしい眺めに、もう少しでうめきそうになった。六歳違いの年下妻がふりまくお色気は、いつだって隆を落ちつかなくさせる。

「ねえ、そう思わない」

「え。あ、ああ。そうだね」

同意を求められ、あわてて返事をした。艶めかしく揺れるおっぱいから視線を剥《は》がし、食器を拭くことに夢中になっていたふりをする。

「たしかに、もうちょっと辛いほうが、アソコにもグッとくる感じがあったかもな」

愛妻の巨乳に反応し、今夜もムラムラしはじめていた。隆は軽口をたたき、瑠奈にエロチックな秋波《しゅうは》を送る。

「え」

瑠奈は洗い物の手を止め、きょとんとした顔つきで隆を見た。そんな妻の反応に、隆は嬉々として言葉を継ぐ。

「いや、ほら。辛くて身体がヒリヒリするほうがさ、アソコにも効果がある気がするんだよ。いつもより、ビンビンになっちゃうっていうかさ」

「も、もうやだ、隆さんってば」

瑠奈は首をすくめ、恥ずかしそうに顔をそむけた。手にした食器をそそくさと洗い、さらに小顔を真っ赤にする。

(かわいいやつ)

愛妻のウブな反応に、甘酸っぱく胸を締めつけられた。恥じらう瑠奈の姿に思わずにやけつつ、早くも今夜のまぐわいを心待ちにしはじめる。

股間が不穏な熱を持った。へたをしたら、一気にムクムクとこの場で勃起してしまいそうである。

隆はもう一度、隣に立つ妻を盗み見た。乳こそ豊満で肉感的な女だったが、体つきはすらりと細身で、手も脚も長く形がいい。

こんな風に私服姿でいるときももちろん愛らしかったが、OLとして会社の制服を着ると、持ち前の美しさはいっそう可憐な輝きを増した。

事実、隆はそうした瑠奈の制服姿に惚《ほ》れ、彼女と男女の関係へと発展したのである。

大手IT企業に勤める隆は、営業部に所属していた。

瑠奈と知りあったのは、彼女が勤める老舗石鹸メーカーと縁ができ、同社に出入りするようになったからだ。新しい経理システムを開発してほしいという経理部が顧客になったのだが、そこで部員の一人として働いていたのが瑠奈だった。

今から四年前のことである。

当時隆には、結婚を考えていた恋人がいた。

だがその女性とはいろいろとあって結婚話は進展せず、そんな彼の心にすっと入ってきたのが、あのころ二十四歳だった瑠奈であった。

白いシャツに、紺のベストと紺のスカート。スマートな身ごなしで仕事をしていた瑠奈は、あどけなさを残した美貌とのギャップもあいまって、隆の心に鮮烈な印象を残した。

そして、何度も仕事で彼女の会社を訪れるうち、会話を交わす機会も増え、見る見る心に入ってくるようになったのである。

瑠奈からも好感を持たれていると隆は思った。あるとき勇気を出して食事に誘うと瑠奈は「本当ですか⁉」とうれしそうに小躍りした。

仕事の後の食事デートにはじまり、レンタカーを借りての休日ドライブなど、隆はこっそりと瑠奈との時間を増やしていった。

初めてホテルに誘ったのは、最初の出逢いから半年ほど経ったころだった。

そのときのことを思いだすと、今でも隆は胸が騒ぎ、苦もなく股間の一物《いちもつ》が勃起してしまう。

それほどまでに、初ベッドでの彼女は、あまりに衝撃的だった。

「きゃっ。もうやだ、隆さん……」

我慢できず、ショートパンツの上からヒップをまさぐった。瑠奈は驚いて飛びあがり、頬をふくらませてこちらをにらむ。

隆はそんな妻に、意味深な笑みを返した。

「あ……」

瑠奈はすぐさま、夫のメッセージを理解したようだ。

だが言葉では返さない。恥じらった様子で身じろぎをし、困ったような上目づかいで隆を見つめ返してくる。

大きな瞳がねっとりと潤み、妖《あや》しい光を早くもたたえた。

2

「アアァン、隆さん。隆さん、隆さん。はっアアァッ」

「おお、瑠奈。はぁはぁ」

今夜もいつもどおり、家中の窓を完全に閉めていた。そうしなければ淫らな声が、ご近所中に筒抜けである。

「気持ちいいか、瑠奈。なにがおまえのアソコに刺さってる。そら。そらそらそら」

「うあああ。あっあああああ」

隆は汁だくのセックスを、いとしい妻とくり広げていた。明かりを消した八畳の寝室は、二人の愛の巣の二階にある。

三十五年ローンで買った新築の一戸建てで、閑静な住宅街の一角に家はあった。

残暑の厳しい時期である。深夜になっても戸外はムンムンとしていたが、隆たち夫婦の寝室は、それ以上に暑かった。クーラーなど、まったく役に立っていない。

「あはぁ、気持ちいい。隆さん、気持ちいいよう。うあああ」

「おお、瑠奈。いやらしい」

隆と瑠奈は全裸になり、ベッドでひとつにつながっていた。

隆は仰向《あおむ》けになっている。そんな彼の股間にまたがった瑠奈は、両手を後ろについてのけぞるようなポーズになった。

形のいい美脚はM字に広げられている。性器の密着した部分が、ばっちりと隆の視界に入った。

男根と女陰が擦れあう部分から、クチュクチュと粘着音がする。瑠奈も隆も、すでにぐっしょりと全身濡れねずみである。

汗みずくになった薄桃色の裸身が、闇の中に色っぽく浮かびあがった。瑠奈は脚を開いた身もふたもない姿で、カクカクと腰をしゃくっている。

前へ後ろへ、また前へ後ろへ。

浅ましすぎるしゃくりかたは、卑しいケダモノそのものだ。

「気持ちいいか、瑠奈。んん？」

自分のペニスが妻の秘壺を出たり入ったりする眺めをうっとりと見ながら、またも隆は瑠奈に聞いた。

どす黒い彼の男根は蜜貝があふれさせるネバネバした汁のせいで、これまたねっとりと濡れそぼっていた。

「気持ちいい。隆さん、気持ちいい。うあああ」

全裸の美妻は髪を乱し、感極まった声を上ずらせた。

肉厚の朱唇をあんぐりと開き、糸を引いて唾《つば》を飛びちらせている。可憐な美貌は真っ赤に火照《ほて》り、別人のような顔つきになっていた。

そう。まさに別人のようなのだ。夜の床では、昼とは別の女になる。

　それが瑠奈という女だった。最初にセックスをしたときからこうだった。あえて言うなら、痴女《ちじょ》のようだった。隆は痴女を、生涯の伴侶《はんりょ》としてめとっていた。

「あああ。隆さん。いやン、いやン。あああああ」

「なにが刺さってる、瑠奈。んん？　おまえのアソコに、今なにが刺さってる」

「きゃあああっ」

　瑠奈の動きにあわせ、隆も前後に腰をふった。

　いっそう深いところまでぬちょりと亀頭でえぐられて、瑠奈はますますとり乱した声をあげ、天を仰いで歓喜にふるえる。

「ああ、気持ちいいよう。気持ちいいよう」

「なにが刺さってる。言いなさい、瑠奈」

「ああああ」

「瑠奈」

「ち、ち×ぽ。隆さんのおっきいち×ぽ。ち×ぽ、ち×ぽ、ち×ぽおおおおっ」

　早くもちょっとした狂乱状態になっていた。聞くに耐えないいやらしい卑語を、気が違ったように顔をふって矢継ぎ早に口にする。

　これもまた、いつものことだった。

ベッドで夫に組み敷かれ、あんなことやこんなことをされはじめると、それまでとは違った人格が瑠奈のおもてに現れる。

普段は、なにがあろうとエッチな言葉など口にしそうもない女なのに、セックスをしはじめ、ひとたびたががはずれると、淫らな欲望を露《あらわ》にする一匹のいやしいケモノになる。

「ち×ぽ入ってるか、瑠奈。そら。そらそらそら」

ズンズンと膣《ちつ》奥深くに亀頭を突き挿《い》れ、隆はなおも瑠奈をあおった。

「ンヒイィ。ち×ぽ入ってる。硬くておっきい隆さんのち×ぽ入ってる。あああ」

瑠奈はあられもない声をあげ、髪をふり乱す。

汗を噴きださせた額や頰に、濡れた髪が貼りついていた。大きく開けた口の中が丸見えになり、喉チンコまで隆にさらす。

「ち×ぽ硬いか、瑠奈。んん?」

「硬い。すっごい硬い。アアン、気持ちいい」

知らない人が見たならば、媚薬でも盛られているかに見えるかも知れない。

それほどまでに、妻の感じかたは異常だった。

だが媚薬などなくとも、ねちっこいキスや前戯によって、すぐさま官能のスイッチが入る。それが瑠奈という女だった。

しかも、この女がこれほどまでの痴女であることを知る者は、多分この世にそうはいない。

隆と交際をするようになるまで、男性経験は一人しかなかったと聞いている。

「そらそら。もっと奥まで突いてやる。ここか。んん、ここか？」

大胆なガニ股になって腰をしゃくる妻に、今夜も興奮が増した。隆はさらに腰をしゃくり、子宮口も裂けよとばかりにうずく亀頭をねじりこむ。

「ああ、そこ。そこそこそこおオッ。気持ちいい。気持ちいい」

「ここなんだな。ここだろ、瑠奈。そら。そらそらそら」

「うああ。ああああああ」

「あ――――」

ひときわとり乱した声をあげた瑠奈が、天を仰いだそのときだ。

ペニスが秘割れからちゅぽんと抜ける。全裸の愛妻はさらに海老《えび》ぞるようなポーズになり、尻を浮かせて痙攣《けいれん》した。

粘つく愛液でぬめり光る蜜壺が隆に向けられる。ひくつく恥溝から潮《しお》が飛びちり、隆の顔にまで襲いかかってくる。

「ぷはぁ。おお、瑠奈……」

「あうう。あうあう、あうう」

瑠奈はガクガクと裸身をふるわせ、この世の天国で酩酊した。

首筋が引きつっている。歯の根があわず歯と歯が音を打ち鳴らす。

見るだけでゾクッとくる凄艶な顔つきだ。目を見開き、苦しそうに息継ぎをし、淫乱な女だけが行ける桃源郷でどっぷりと溺れる。

(ああ、いやらしい)

そんな妻の痴態を、顔を拭《ぬぐ》いつつうっとりと鑑賞した。

妻の白い腿《もも》がふるえる。脹《ふく》ら脛《はぎ》がふるえる。ぽこっとくびりだされた腹の肉がふるえ、たわわなおっぱいが何度も乳肌にさざ波を立てる。

硬くしこった乳首には、隆がしゃぶった唾液の名残があった。サクランボさながらの丸い乳芽が、淡い鳶《とび》色の勃起を見せつける。

「さあ、まだまだだぞ」

瑠奈の身体の下から足を抜き、体勢を変えて隆は言った。

アクメの余韻に恍惚《こうこつ》とする潮噴き妻をエスコートし、四つん這いの格好にさせる。

伸張した乳房がたゆんたゆんと、エロチックに房を踊らせた。

「あはぁ、隆さん……」

「まだまだここにほしいだろ。ここに。ここに」

「うあああ」

妻の背後にすばやく陣どる。ペニスを手にとり角度を変えると、爆発寸前の鈴口をヌチョヌチョとワレメに擦りつけた。

「きゃあああああ」

「マ×コにほしいだろ。言いなさい、瑠奈。マ×コにほしいか」

「あああ。あああああ」

まだ膣のとば口を亀頭で擦っているだけだった。それなのに、瑠奈はケモノのように吠えながら、またもブシュブシュと潮を噴く。

ベッドのシーツには、いつものように何枚もバスタオルを重ねていた。失禁さながらの量と勢いで、噴きしぶく潮が今夜もタオルをぐっしょりと濡らす。

「瑠奈、ほしくないのか。んん?」

「ほしい。ほしいよう。あああ、ほしいよおおおう」

「どこにほしい。言いなさい」

あまりに激しく蜜肉に擦りつけるせいで、甘酸っぱいうずきが亀頭から湧いた。ドロッとあふれたカウパーを、ピンクの膣粘膜に亀頭で練りこむ。

「あなた。あなたあああ」

「言いなさい。どこにほしい」

「マ、マ×コ。瑠奈のマ×コ。マ×コにちょうだい。ち×ぽを。隆さんのおっきいおち×ぽをおおおっ」

とうとう今夜も、瑠奈は叫んだ。隆は満足感をおぼえながら、今度はバックから、妻の秘唇にヌプヌプといきり勃《た》つ肉棒を突き入れる。

「きゃはははああ」

それだけで、またしても瑠奈はアクメに達した。はじかれたようにベッドに突っ伏し、ビクン、ビクンと汗まみれの裸身を痙攣させる。

「そらそら。まだまだだ。こうだろ。これがいいんだろ」

瑠奈に引っぱられるように折り重なってしまった。

隆はふたたび体勢をもとに戻す。力なく突っ伏し、痙攣をつづける痴女妻もケモノの体位に戻させて、怒濤《どとう》の勢いで腰をふる。

……バツン、バツン。

「うああ。気持ちいい。ち×ぽいい。ち×ぽイイィン。もっとして。もっともっと」

「おお、瑠奈……」

夫がくり出すピストンに、瑠奈はとり乱した声をあげた。ぬめる蜜肉が蠕動《ぜんどう》し、隆のペニスをムギュムギュと絞りこんでは解放する。

(我慢できない)

最後の瞬間は呆気なくやってきそうだった。全身に鳥肌が立ち、脳髄までもが甘くしびれる。

膣の凹凸《おうとつ》とカリ首が擦れあうたび、甘酸っぱさいっぱいの電撃がひらめいた。妻のくびれた腰をつかみ、歯を食いしばって腰をふる。

陰嚢《いんのう》の肉門扉が、精子の濁流によって開かれた。まるで、蹴破られたかのようだった。うなりをあげたザーメンがペニスの芯をせりあがる。最高の瞬間を目前にして、陰茎全体が甘やかにうずいた。

(もうだめだ!)

「うああ。気持ちいいよう。あなた、またイッちゃう。イッちゃうイッちゃう」

「瑠奈、出る……」

「あああ。あああああっ!」

——どぴゅ、どぴゅ、どぴゅ!　びゅるる。どぴどぴ、どぴぴっ!

（あああ……）

天空高く突き抜けながら、しばし意識を白濁させる。

限界を超えた怒張がドクン、ドクンと脈動し、溜めに溜めていた精液を、水鉄砲の勢いで妻の膣奥に注ぎこむ。

「あ……あああ。隆、さん。気持ちいい……」

「はぁはぁ。瑠奈……」

一緒に達したらしい瑠奈は、いつものように白目を剝《む》きかけていた。

夫の肉棒を根元まで膣に飲みこんだまま、尻だけを突きあげたエロチックな体位で、派手に裸身を痙攣させる。

ペニスを咥《くわ》えこんだ肉穴から、だらしなく小便が漏れはじめた。鼻の奥までくるツンとした匂いで、潮ではなくおしっこだと分かる。

「おお、瑠奈」

「は、恥ずかしい。でも、しっこ出ちゃう。幸せ……幸せなの。あああ……」

なおもビクビクと汗まみれの裸身をふるわせ、瑠奈は絶頂の悦《よろこ》びにひたった。そんな妻の膣奥に、なおも子種を注ぎこんでいった。

しばらくして、隆はようやく人心地つく。

そんな彼の脳裏に、ふいに蘇《よみがえ》るものがあった。

いつも射精を終えるとお約束のように、突然思いだす一人の女性――。

(理沙子《りさこ》……)

思い出の中のその人は、ムチムチと肉感的な女体だった。

清楚な美貌。豊満なおっぱい。たくましいお尻。隆はどれだけその人に、夢中になっていたか知れない。

官能的な、そのダイナマイトボディにものめりこんだ。持てるテクニックと情熱のすべてを注いで、愛する女を悦ばせてやろうとした。

だが、彼女との記憶はほろ苦い。

理沙子はセックスが嫌いな女だった。どんなに隆が愛そうとしても、その肉体は貞操の殻をぴたりと閉じたままだった。

(ばか。思いだすな)

かぶりをふって、妻には内緒の記憶をふり払う。

「あぁ……」

瑠奈は幸せそうに目を閉じて、セックスの余韻にひたりつづけた。

第二章　暴かれた痴女の本性

1

「珍しいな。おまえが誘ってくるなんて」

「あはは。まあ、たまにはな。うん……」

中ジョッキのグラスをコツンとあわせて乾杯をした。隆は苦笑しつつ、よく冷えたビールを喉の奥に流しこむ。

チラッと相手を見れば、井上典人《いのうえのりと》もまた豪快にジョッキをかたむけていた。

「ああ、旨い。やっぱりビールはいいな」

「家では発泡酒って口か、井上も」

「ばか。第三のビールだよ。あははは」

井上は陽気な笑顔を隆に見せた。リラックスした様子で、テーブルに置かれた海ぶどうに箸《はし》をのばす。

大学時代から交流をつづける隆の友人だった。薬剤をあつかう商社に就職し、全国をいそがしく飛びまわっている。

かつては月に一度は、必ず酒席をともにした。だが今は、一年に一回も会えばいいほうだ。

互いに相手と会いづらい関係になっていた。いや、正確に言うなら隆のほうが、井上を遠ざけがちになっている。

以前は一緒によく酒を飲んだ、繁華街にあるなじみの沖縄料理店。今夜も店は大繁盛で、カウンターもテーブルもすでに全部がふさがっている。

二人はゴーヤチャンプルーやにんじんしりしり、海ぶどうに島らっきょうの塩漬けといった定番のツマミを口にしながら、互いの近況を語りあった。

やがて、それはそうと瑠奈さんは元気かと、井上は隆の妻を気づかった。隆は心中で渋面を作りつつ、こちらも相手の愛妻を話題の俎上《そじょう》にあげる。

「そっちはどうなんだ」

自然に見える表情をでっちあげるのは、今夜もなかなかしんどかった。

だが隆はジョッキをかたむけて顔を隠しつつ、さりげなさをよそおって井上に聞く。ビールはすでに二人とも、三杯目になっていた。

井上の妻は、隆の元彼女である理沙子だった。

隆と別れて失意に暮れていた理沙子をなぐさめるうち、井上は彼女との仲を深め、自分の妻に迎え入れたのである。

「元気でやっているのか、理沙子は」

「理沙子さん、だろ。なれなれしいぞ、人の女房に」

井上はおどけて言った。

すらりと細身で、かわいい顔立ちをしている。どこかに少年っぽさを残した井上は、はっきり言って隆より学生時代はよくモテた。

「まあそうだけどさ」

つっこんできた友人に、隆は笑顔をこわばらせる。

隆と理沙子、井上は大学の同期生だった。とはいえ大学にいたころは、理沙子との間になにかがあったわけではない。

清楚な美しさと上品な立ち居ふるまいが魅力的な理沙子は、まさに高嶺《たかね》の花だった。自分なんかがつきあえるはずもないと、最初からあきらめきっていた。

そんな彼女と大学卒業後に再会を果たしたのは、今から七年前。二十七歳のときに開催された同期会でのことだった。

理沙子は相変わらずの美しさだった。

だが二十代も後半になった年齢のせいもあったのか、学生時代にただよわせていた生硬さは影をひそめ、女性らしいたおやかさが色濃くなっていた。

勇気を出して話しかけた隆に対しても「わあ。懐かしいわね、山内君」と意外なほど感激し、うちとけてくれた。

そんなあこがれのマドンナに、隆がふたたび心を奪われていったのは自然なりゆきだったろう。同期会のときに交換した電話番号に胸を高鳴らせて電話をしたことで、その後の隆の人生は大きく動いた。

食事に誘うなどして、甘酸っぱい二人きりの時間を何度か過ごした。

つきあってくれないかと申し出た彼に、理沙子が頬を赤らめて「私なんかでいいのなら……」と承諾してくれたときの喜びは、あれから七年が経つ今も鮮明におぼえている。

夢ではないかと浮き立ちながら、隆は理沙子との愛の日々を過ごした。交際を開始してしばらく経つと、ごく自然ななりゆきで、身体の関係へと進展した。

だが、そこから先の思い出は、せつないものがあった。

瑠奈の膣内に射精をし、一息つくたびに思いだすほろ苦い記憶を、今夜もまたこっそりと隆は脳裏に蘇らせた。

肉体の不一致——そんな理由でいとしい女性と別れることになろうとは、夢にも思わなかった。

隆は理沙子への満たされない想いをぶつけるかのように、理沙子とは対照的にベッドの上では痴女ぶりを見せる瑠奈の肉体にのめりこんだ。

結局、理沙子と交際をしたのは三年ほどだった。

そして隆が理沙子と別れたと知ると、それまで二人の交際を応援してくれていた井上が傷心の彼女に接近し、自分のものにすることに成功したのである。

「元気なのか、嫁さんは」

もう一度、隆は井上に聞いた。のろけ話でもされた日にはたまったものではないのだが とは思いつつも、そんな本音はおくびにも出さない。

「まあ、元気と言えば元気なんだけどさ」

ところが、井上の反応は予想とは違うものだった。

それまでの彼なら幸せそうに破顔して、聞きたくもない嫁自慢をしたものだが、今日は困ったように笑いをこわばらせ、目を泳がせてビールをあおる。

「なんだよ、どうしたんだ」

そんな友人の意味深な態度に、つい興味をひかれた。隆は苦笑して見せながら、くわしい説明を井上に求める。

「うん……」

「なんかあったのか、かみさんと」

「いや。なんかあったっていうか……」

そう言うと、井上はじっと隆を見た。心の奥まで覗きこもうとしているかにも見える、なにやら疑り深い目つきである。

「な、なんだよ」

「山内」

椅子に座り直し、真剣な表情で井上は言った。

「会ってないよな」

「はあ？」

我知らず、返事はすっとんきょうなトーンになる。

「会っている？」

「理沙子とさ。俺に内緒でこっそり会ったりしてないよな」

「ばか言え」

思わず言葉に感情が乗った。たたきつけるような口調になってしまったことに、隆はいささかうろたえる。

「……悪い。会ってなかったみたいだな」

嘘をついているようには見えないと判断したのだろう。なおもじっと隆を見つめつつ、ため息をついて井上は言った。

「当たり前だろ。どうして今さら、理沙子と俺が会わなきゃならないんだよ」

ばかばかしいとあきれてみせ、隆はビールからレモンサワーへと酒を変えた。注文を受けた店員がそばを離れると、井上は「どうしてって……」と話をつづける。

「そりゃ未練が残ってるからだろ」

「残ってないよ、未練なんて」

「残ってるんだよ、あいつには」

「……え」

やりきれなさそうに言われ、思わず虚をつかれた。

息を呑む隆に顔を近づけると、井上はあたりをはばかる小声になって言う。

「残ってるんだよ、おまえへの未練が。あの淫乱女、俺には完璧に隠しおおせてると思ってるらしいけど。バレバレだっての」

「お、おい……」

どす黒い感情を露にした井上に、隆はとまどった。とまどいながら、同時に心をちぢに乱す。

――理沙子がいまだに俺を思っている？　別れてもう四年にもなるというのに？

すべてはとっくに終わったことだと、自分に言い聞かせて生きてきた。しかしこんな暴露をされてしまうと、驚くほど舞いあがってしまう自分がいる。

嫌いになって別れたわけではなかった。

ただ、ちっとも盛りあがらないセックスが不満だっただけである。

不感症にも思える理沙子とのまじわりより、激しく乱れまくる瑠奈との行為のほうが、何百倍もゾクゾクとした。

だがそれでも、理沙子をめとった井上が日ごと夜ごと彼女のいやらしい肉体を自由にできているかと思うと、隆の毎日は胸をかきむしられるようなジェラシーにさいなまれる日々でもあった。

（待てよ）

落ち着けと自分に言い聞かせながら、ふと隆は違和感を抱いた。

たった今、自分の友人はじつに奇妙なことを口走ったのではなかったか。

「ここんとこ、さらにひどくなってさ、あいつ」

やけ酒のようにビールをグイッとやり、大きく息を吐いて井上は言う。

「ぼうっとしていることが多くなったんだよ、前よりも。俺に隠れてこっそりと、スマホに保存してあるおまえの写真、じっと見ていたりしてさ」

「えっ」

「ちきしょう。全部バレてるっての、あのクソ女」

「い、井上……」

思わぬなりゆきに動揺しつつも、隆は少しずつ理解していた。

どうやら井上は、隆と自分の妻が密会をしているのではないかと疑って、今夜のこの席を設けたらしい。

痛くもない腹を探られるとは、まさにこのことだった。

だがそれはそれとして、理沙子がいまだに自分のことをそんな風に思ってくれていただなんて。

そう思うと、胸の奥に小さな火がポッと点《とも》った心地になる。と同時に、心に引っかかった友人のひと言が気になった。

「悪かったな、山内。つい疑っちまってさ」

「いや、それはいいんだけど……」

自虐的な笑みを浮かべ、口の中に島らっきょうを放りこむ井上に隆は言った。

「気持ちは分かるが、だからって『淫乱女』は言いすぎだろ」

冗談めかしながらも、先ほど井上が口にした言葉を話題にする。

隆への追慕の念を知って妻に嫉妬をしたとしても、淫乱女呼ばわりはいささか常軌を逸している。

「は？」

すると井上は意外そうに隆を見た。

「淫乱女だから淫乱女って言っているだけだろ……ん、あれ？」

初めて気がついたとでもいうようだった。井上は椅子に座りなおし、まじまじと隆を見て言う。

「まさか……おまえの前ではずっと猫をかぶってたとか」

「猫……」

「おい、そうなのか。山内、おまえ……」

「いや。ちょ、ちょっと待てって」

どす黒い感情を露にして問いつめてくる井上に、隆は狼狽《ろうばい》した。

淫乱女。猫をかぶっていた――自分の知らなかった淫靡な世界がいきなり開けていきそうなことに、思わず背すじを鳥肌が駆けあがる。

「い、井上。もしかして理沙子は……」

たしかめるように、隆は聞いた。井上はそんな彼を上目づかいに見る。

「知らなかったんだな、やっぱり」

やがて、ため息をついて井上は言った。「あのクソ女……」と呪詛《じゅそ》の言葉をつぶやいて、舌打ちをしてからビールを飲む。

「井上」

「すっげえ好きもんなんだよ、あいつ」

周囲を気づかい、小声での吐露ではあった。だが井上は感情を爆発させて告白する。

「す、好きもん」

「痴女って言えるな。あいつ、すさまじい痴女なんだ」

「痴女……」

思いもよらない友人の暴露に、隆は愕然とした。

二人で酒を酌みかわし、理沙子を話題にすることはこれまでもあったが、夫婦の性生活の話まで聞かされたことは一度もない。

「おまえの前では猫をかぶっていたんだ。もしかして、淫乱ぶりがばれたら嫌われちまうとでも思ったのかな、あの痴女」

井上は忌々《いまいま》しげに言い、またも酒をあおった。

痴女。

理沙子が痴女――。

信じられない現実に、我知らず心が浮き立った。

隆は自分が動揺していることを悟られないよう、唇をギュッと嚙《か》みしめて、おもてに感情を出すまいとした。

2

その町を訪れたのは、初めてのことだった。

ターミナル駅から四駅ほど離れた土地にある、郊外の新興住宅街。

徒歩数分の距離に巨大なショッピングモールがあるため、緑豊かな土地柄であるにもかかわらず、生活におそらく不自由はない。

一度ぐらい遊びに来てくれよ――たしかに井上からは、そう何度も言われてきた。

だが隆が、そんな友人の誘いにあいまいな態度で応じるしかなかったのは、やはり理沙子の存在が大きかったからである。

（そんな俺が……）

まさかこの地を訪れることになろうとはなと、隆は思った。思わぬ展開を見せた自分の人生にうろたえながら、一軒の瀟洒《しょうしゃ》な家の前に立つ。

井上と理沙子が暮らす一戸建てのマイホーム。

いかにも平成の終わりに建てられた分譲住宅という感じのその家は、同じような家が通りを挟んで遠くまでつづく住宅街の一角にあった。

黒い鉄の門扉があり、その向こうには小さな庭がまぶしい緑を輝かせてしゃれた邸宅をいろどっている。

二階建ての愛の巣は、オレンジの屋根に白い壁。どこか南欧の館のような雰囲気をたたえた造りである。

残暑の時期ならではの強い陽射しが、斜め上の角度から住宅街に降りそそいでいた。

出かけている人が多いのか、それともあまりの暑さに閉口し、みんな家の中でじっと息をひそめているのか。

時刻は午後三時だが、あたりに人影はなく、町全体が静まりかえっていた。

(理沙子も出かけてしまったかな)

静謐《せいひつ》な雰囲気のただよう家を見あげ、隆はため息をつく。

やむにやまれぬ衝動に負け、仕事をさぼって来てしまったが、理沙子が家にいる保証もなければ、彼女に会える確証があったわけでもない。

それでもここまで来てしまったのは、井上が出張に出かけていて、今日ならいないと知っていたからだ。

「ふう……」

ハンカチをとりだし、噴きだす汗をぬぐった。異常な暑さに閉口し、たまらずネクタイをわずかにゆるめる。

井上と飲んだあの夜から、すでに三日が経っていた。その間ずっと隆の脳裏をふさいでいたのは、理沙子への鬱屈した想いだった。

井上によれば、理沙子は今でも隆のことを忘れられずにいるという。

それだけでも隆を浮き立たせるには十分だったが、加えてかつての恋人は、彼の前では見せなかった卑猥な素顔まで持っているというではないか。

「理沙子が痴女……」

この三日間、いくどとなく同じ言葉をつぶやいた。隆はそれをまたしても、舌に乗せてそっところがす。胸騒ぎがし、股間がじゅんと熱くうずいた。

自分の前では、そんな姿を一ミリも見せることはなかった。

そんな理沙子が、井上の前では恥ずかしい素顔を惜しげもなくさらしている――そう思うと、おぼえるジェラシーは尋常ではなかった。

そして同時に、隆といると本当の自分をさらけだせず、セックスの場では借りてきた猫のようでしかなかったかつての恋人に対しても複雑な思いになった。

(……て言うか……なにをしに来てしまったんだか)

空を見あげ、まぶしさに顔をしかめる。

日陰さえない炎天下で陽光に焼かれていると、自分がしていることの滑稽さをつきつけられる思いがした。

理沙子がいるのかいないか、たしかめてみるか。玄関のチャイムを鳴らせば分かることではないか。ばか言え。そんなこと、できるはずがない。だったらどうして、こんなところまで来たんだ、おまえは……。

「撤収かな……」

ちぢに心が乱れ、自虐的な気分になった。思わず苦笑しながら隆はつぶやく。やらなければならない仕事は山とあった。こんなところでのほほんと油を売っていられる身分ではない。

きびすを返し、理沙子の家の前を離れようとした。すると――。

（えっ）

玄関のドアが開き、誰かが出てくる気配がある。

誰か――決まっているではないか。この家で暮らしているのは二人だけである。

隆はあわてて場所を変えようとした。

まわれ右をして、バス停やショッピングモールがある方向とは逆の向きへと足早に歩く。家から出て来たその人が、モールかバス停に向かうのではないかと判断してのことだった。

隆は理沙子の家から遠ざかった。後ろをふり向くと、一人の女性が門扉を開け、昼さがりの通りへと姿を現す。

（ああ……）

ひと目その姿を見たとたん、甘酸っぱい激情がじゅわんとはじけて胸から広がった。

隆はそちらに向き直り、思わずじっと見つめてしまう。

（理沙子）

かつては結婚まで考えた、いとしい女性がそこにいた。別れのときから、早四年。三十四歳の熟女になった理沙子は、相変わらずの美しさである。

いかにも三十代の奥様然とした、シックなワンピースに身を包んでいた。

襟《えり》ぐりが丸く開いたワンピースはアイスグレーの上品な色合い。

膝下まで丈があり、ウエスト部分にはリボンがあって、キュッと締まった大きなリボンがボディラインの凹凸をいっそう艶めかしく強調している。

「…………」

理沙子は隆に気づかなかった。黒い門扉に鍵をかけると、ハンドバッグを手にバス停やモールのある方角に歩きはじめる。

（ああ……）

遠ざかりはじめた理沙子を、隆はうっとりと目で追った。

懐かしい歩きかた。懐かしいヒップのふられかた。

そうだった。いつも理沙子はこんな風に、とまどう男をあざ笑うかのようなセクシーなステップで、プリプリと尻を左右にふった。

今日もまた、品のいいワンピースの生地を盛りあがらせて、豊満な臀丘がその存在をいやらしくアピールしている。

右へ左へとエロチックに揺れながら、パンプスのヒールでコツコツとリズミカルな音を立てた。

（えっ……）

感傷的な気分のまま、エッチなお尻を見つめつづけていたときだった。

突然理沙子が脚を止める。

おそるおそるというように、ゆっくりとこちらをふり向いた。

（おおお……）

眉をひそめたいぶかしげな顔つきだった。しかし理沙子の表情は、隆と目があうなりいきなり変わる。

信じられないものでも目にしたかのようだった。こちらに向き直る。両目を見開き、あわてて口に手を当てた。

フリーズしたままこちらを見つめる理沙子に、隆はぎこちなく手を挙げた。照れくささを押し殺し、なんでもないふりをする。

止まっていた時間が動きだしたことを確信した。

微笑みながら近づこうとする。緊張のせいで、身体がしびれていた。

理沙子の両目はユラユラと、動揺したように揺れていた。

3

「……変わらないわね、タカちゃんは」

「え、そう？　もうオッサンもいいところの歳なんだけど」

「そんなこと言ったら私だって……」

「いやいや。理沙子はきれいだよ。お世辞じゃなくて」

ようやく会話が、少しずつなめらかになってきた。

再会を果たしてから、二時間ほど。

最初はびっくりして言葉も出てこなかった理沙子だが、ともに時間を過ごすことで、だんだん緊張がほぐれてきている。

「相変わらず口がうまいのね」

恥ずかしそうに睫毛を伏せ、弱々しく微笑んで言った。色白の頬がほんのりと、薄紅色を強めている様がなんとも色っぽい。

「だからお世辞じゃないって」

からかう理沙子の言葉に、真剣な顔をして言い返した。だがかつての恋人は弱々しくかぶりをふる。

「あのころもそうだった。『お世辞じゃない』って言いながら、ついその気になってしまうような褒め言葉ばかり……」

「いや。だからそんなことは……」

「フフフ……」

理沙子はコーヒーカップに口をつけ、上品な挙措《きよそ》でコーヒーを飲んだ。彼女のそんななんでもないしぐさにまで、隆はノスタルジーをかきたてられる。

家から近い店ではまずいと思い、タクシーに乗った。

そして、かつて二人がつきあっていたときによく利用したカフェバーに連れてきた。そうした懐かしさも功を奏してくれたのか。理沙子の笑顔はやっと自然なものになり、白い歯をこぼす頻度《ひんど》が増えていた。

急に理沙子が懐かしくなって、後先考えずに訪ねたのだと説明をしていた。数日前に夫が隆と会ったことは、どうやら知らされていないようである。

だからこちらもよけいなことは言っていない。旦那が出張に出かけていると知っていることも黙っている。

「うまく行っているのかい、井上とは」

なにも聞いていないふりをして、理沙子に水を向けた。コーヒーカップに口をつけていた理沙子は、上目づかいにこちらを見る。

すぐさま柔和な笑顔になった。カップから口を離すと、白い指で朱唇をぬぐう。

「おかげさまで。こんなご時世なのに、専業主婦なんてやらせてもらっていて」

「愛されてるんだなあ。まああいつ、稼ぎもいいし。働かなくてもいいから早く跡継ぎを産んでくれとか言われて、アッチのほうをがんばらされているんじゃないのか」

「えっ。や、やだ、タカちゃんったら」

「あははは」

狼狽した理沙子は、見る見るその顔を真っ赤に染めた。見られることを恥じらうように、目を泳がせてうなだれる。

(いい女だ)

隆はそんな理沙子を見つめ、ため息交じりに思った。

彼の知る、あのころの理沙子のままである。こんないい女を、自分は手放してしまったんだなと思うと、今さらのように後悔の念がこみあげた。

卵形をした小顔は、楚々《そそ》とした和風の面差しだ。高嶺の花感あふれる清楚な美貌は抜けるような色の白さにも恵まれている。

凛《りん》としたたたずまいと、たおやかな女らしさが同居した美貌は、まさに雛《ひな》人形のよう。切れ長の瞳は涼やかで、清らかな美しさと聡明さを感じさせる。

鼻筋がすっととおっていた。唇はぽってりと肉厚で、そのプルンとした感じは旬のサクランボを思わせる。

端正な小顔をいろどっているのは、背中まで届くストレートの黒髪だ。濡れていてもいるようにしっとりとした髪の艶も、四年前と変わっていない。

(でも……)

恥じらう理沙子から、最近の暮らしぶりについていろいろと聞きながら、なおも隆は懐かしい恋人を目で追った。

美貌につづいて興味を向けたのは、彼女の肉体。はっきり言ってこちらのほうは、隆がつきあっていた時分よりさらに進化をしている。

もっちり感が半端ではなくなり、息づまるほどのエロスを放っていた。

四年前もその身体に魅了されていたが、今のほうがさらに上を行っている。

(相変わらず、おっぱいすごい……)

ほの暗い目つきで、ねっとりと理沙子の胸もとを見た。ワンピースの布が窮屈そうに盛りあがり、二つのふくらみをアピールしている。

あのころでもGカップ、九十五センチはあるおっぱいだった。だがこうして見ると、今のほうがさらに二、三センチ、大きさが増したようにも見える。

小玉スイカさながらの見事な巨乳は、圧巻の豊満さとボリュームだった。そんな乳房が無防備に揺れるいやらしい眺めには、息づまるほどの官能美がある。

「……私たちのことより、タカちゃんはどうなの。奥さんとはうまくいってる？」

ひとしきり、自分たち夫婦の近況を話し終えたあとだった。理沙子は話題の矛先を隆と瑠奈に向けてくる。

瑠奈との結婚式に招待したのは、夫の井上ただ一人だった。

だが瑠奈のことは、井上からいろいろと聞いていたのだろう。理沙子はおだやかな笑みを浮かべ、小首をかしげて聞いてくる。

「えっ。ま、まあ、ほどほどにね」

ぎくしゃくしながら隆は答えた。すると理沙子は吹きだして、

「ほどほどにってなによ。ウフフ……」

美麗な瞳を線のように細め、くすくすと笑ってみせる。

（ああ、理沙子）

そうした理沙子の仕草や笑顔に、胸躍らされる自分がいた。

胸躍るだけなら罪はない。

だが同時に股間がキュンとうずき、一物がムクムクと硬度と大きさを増しそうになっているとしたら、その限りではないだろう。

「かわいい奥さんだよね。あの人から、写真見せてもらったのよ」

柔和な笑顔を隆に見せ、理沙子は言った。

「あ、そ、そう？」

「うん。ほんとにかわいい。よかったね、タカちゃん。美人でかわいい、素敵な奥さんと一緒になれて」

「……………」

目を細めて祝福をする理沙子は、心からそう思っているように見えた。

なにも情報がなかったら、もう隆のことなど毛ほどにも執着していないようにも感じられる。

しかし隆は知っていた。理沙子が今でも自分を思い、スマホに秘匿《ひとく》した彼の画像をこっそり見ているということを。

女は誰もが女優だという。

理沙子もまた、そうした女優の一人なのだと隆は確信した。

なによりこの女は自分が淫乱な痴女であることを、あのころ完璧に隆に隠しとおしもしたのである。

(それにしても……本当なのか?)

せがまれるまま、瑠奈の人となりや彼女との生活について話をしながら、隆はまたしても信じられない思いになった。

こうして面と向かいあうと、本当にこの女が痴女なのかと、改めて井上の告白に首をかしげたい気分になる。

それほどまでに上品だった。たおやかで奥ゆかしい物腰は、そのようなものからはもっとも遠い場所にあるように感じられる。

「ウフフ、やっぱり想像していたとおり、かわいらしい奥さん。歳も離れているし、タカちゃん、瑠奈さんがかわいくってしかたがないんじゃない?」

隆が話す妻の話に、理沙子は愉快そうに笑って身を揺らした。

(ああ、理沙子……)

持ち主の動きにあわせ、たわわな乳房が面白いほどよく揺れた。

かつて隆はこのおっぱいを心の趣くままに揉みしだき、舐《な》めしゃぶり、何度も何度も愛したのだった。

そんな理沙子のGカップ巨乳を、またしても彼は我が物顔で愛撫しつくしたい気持ちになる。

もちろん、瑠奈への罪悪感はあった。こうして理沙子と会っているだけでも、妻への裏切りだと思う。

だが隆は自分を抑えきれなかった。衝《つ》きあげられるような理沙子への興味は、どうあがいても彼を蟻《あり》地獄さながらにからめとる。

(痴女なのか、理沙子。ほんとにそうなのか)

甘酸っぱい気持ちで理沙子に問いかけていた。あろうことか股間の一物は、テーブルの下でバッキンバッキンに勃起してしまっている。

理沙子と交わす会話はますます上の空になった。とんちんかんな答えを返さないよう、隆はもう必死である。

四年ぶりに再会した女へのゆがんだ執着心は、ときとともに淫靡さを増した。

このまま別れるのはどう考えても無理だと、隆はほの暗い思いを持てあましはじめていた。

4

「ああ、顔が熱い。どうしよう。ちょっと飲みすぎてしまったかしら……」

「いいじゃないか、久しぶりに会ったんだし。ああ、俺も飲んだ飲んだ。あはは」

カフェバーを後にしたのは、すっかり日が暮れてからだった。

二人はコーヒーからビールへと飲み物を変え、ツマミをとりながらさらに雑談に興じたのである。

理沙子は中ジョッキを一杯しか飲まなかったが、それでもその顔は真っ赤だった。もともと酒には強くない。酒による酔いがさらにいい感じで、彼女をリラックスさせていた。

店を出て、駅の方角へと並んで歩く。闇に包まれた路地に人影はなく、隆はチャンスだと胸を高鳴らせた。

「久しぶりに話ができて楽しかったわ、タカちゃん」

「え。あ、ああ。そう？」

おだやかな笑顔で歩く理沙子に話をあわせつつ、右へ左へと視線を向ける。

建物と建物の間に隙間のある一角を見つけた。ネオンの明かりもそこには届かず、黒々とした闇が支配している。

(よし、あそこだ……)

「でも、よかったのかしら。奥さん、待っているんじゃない？」

「いや、平気だよ」

もう一度、周囲をたしかめた。大丈夫。今なら誰も見ていない。

隆はぐびっと唾を呑んだ。緊張のせいで胸から全身にしびれが広がる。

「そう？　よろしく言ってね、奥さんに」

「あ、ああ」

──さあ、行け。

「私も帰ったら主人に──きゃっ⁉」

理沙子はどこまでも演技モードで押しとおすつもりのようだった。

だがこちらはもう、大人な態度は限界である。

いきなり理沙子の腕をとり、足を速めた。驚いたらしい理沙子はあらがって、両脚を踏んばろうとする。

だが、しょせんはか弱い女の力だ。強引な隆に抗しきれず、あっという間にバランスを崩す。

「ひゃん。ちょ……タカちゃん。タカちゃん？　あああ……」

足もとをもつれさせながら隆に引っぱられた。何度も腕をふり払おうとするものの、勢いの差は歴然としている。

「えっ……えっ、えっ。ええっ？」

「理沙子。いいから……」

隆は鼻息を荒げ、建物の隙間に理沙子を引きずりこんだ。泥のような闇が襲いかかり、二人を夜の明かりから完全に飲みこむ。

「ちょ、タ、タカちゃ――ムンゥッ……」

まさに問答無用の荒々しさだった。いやがって暴れる理沙子と向かいあい、肉厚の唇に荒々しく口を押しつける。

「タカちゃ……んンウッ……」

「理沙子。ああ、理沙子」

……ちゅぱ。ぢゅる。ぢゅちゅ。

建物の壁に理沙子を押しつけ、狂おしい勢いで口を吸った。

突然の、しかも横暴としかいいようのない隆の行為に、理沙子は激しくとまどった。

必死に両手を突っぱらせ、彼を押しのけようとする。

「やめて……ちょっ……んっんっ……タカちゃ……ムハァァ……」

「が、我慢できない。理沙子……今でも……今でも愛してる……」

「ええっ？　ああ、だめ……待って……んっ、んっんっ……」

理沙子はいやがり、右へ左へとかぶりをふってキスから逃れようとした。

だが血気にはやった隆は、もはや完全に暴走している。

理沙子の細いあごをつかんだ。動きを封じ、さらに熱烈な接吻でかつての恋人の貞操をけがそうとする。

「ンンぅぅ。ぅウゥン。ちょ……んっあぁ……」

ぽってりとした唇が、勢いに負けて艶めかしくひしゃげた。歯と歯がぶつかり、カチカチと音を立てる。

あのころこんな性急なキスは、一度だってしなかった。今にして思えば隆にもはっきり言って遠慮があった。

遠慮など、もうするものかと彼は思う。愛する女を気づかいすぎたばかりに、進むべき人生を進めなかったのだ。

「アァン、タカちゃ……はぁぁぁ……」

隆の口に荒々しく押され、理沙子の朱唇がいやらしくめくれる。並びのいい白い歯はもちろん、ピンクの歯茎までもが剝きだしになった。

「理沙子……」

「んあぁぁ……」

理沙子の唇にむしゃぶりつき、白い歯をあやし、歯茎を舐めた。

やわらかな唇と歯茎の間に隆の舌が挿入され、右へ、左へ、また右へと歯列ごと歯茎を舐めしゃぶれば、鼻の下の皮が盛りあがり、清楚な美貌が惨《みじ》めにゆがむ。

「ッはあぁ、タ、タカちゃん……だめ、こんなことしちゃ、ンッあぁぁ……」

「理沙子。愛してるんだ、今でも」

困惑して抗《あらが》う理沙子は、なおも隆を拒もうとした。隆はそんな理沙子にヒソヒソ声で、秘めた想いを剝きだしのままぶつける。

「そ、そんな……私たち、もうお互いにパートナーが……」

美貌をこわばらせ、迷惑そうに理沙子は言った。しかし隆は言いつのる。

「そのパートナーでは満たされないから、俺の写真をこっそりと、旦那に内緒で見ていたんじゃないのか」

「えっ」

理沙子はフリーズしたようになった。

大きく両目を見開いて、自分の耳を疑うかのような表情になる。

「な、なな、なんのこと」

動揺しながら自分を取りつくろっていることが分かった。

理沙子は目を泳がせ、とぼけて見せる。どうしてそのことを知っているのだと、混乱しているのは一目瞭然だ。

「なんでも知っているよ、今の俺は」

「えっ」

意味深な口調で隆はささやいた。

理沙子はさらに目を見開き、かつての恋人を見つめ返してくる。

「あ、あの――」

「我慢なんてしなくていいんだ」

「ええっ？」

訴えるような隆の言葉に、理沙子は当惑した。

「タ、タカ……タカちゃ――」

「我慢なんかするなよ。そんなことするから、俺、勘違いしちゃったじゃないか」

「な、なんのこと――きゃああっ」

有無を言わせぬ狼藉ぶりだった。隆は両手で、ワンピースの上から乳をつかむ。

「ちょ……や、やめて、タカちゃん。ああ、こんなところで……」

「こんなところじゃなきゃいいのかい」

「ちょ、やめ……やめて……ああぁ……」

……もにゅもにゅ。もにゅもにゅもにゅもにゅ。

「ハアァァン……」

（おお、やっぱりやわらかい！）

衣服とブラジャー越しではあったが、たしかに隆は十本の指に、とろけるような感触をおぼえた。

そうだった。理沙子はこんなおっぱいだった。こんな風にやわらかで、大きくて、揉むたびいつも、苦もなく俺は勃起した。だが――。

（今日は懐かしさだけでは終わらないぞ、理沙子。知らなかった本当のおまえに……会わせてもらう！）

豊満な乳房をまさぐり、久しぶりの感触をねっとりと味わいながらも、隆はそう決意をし、未知の世界への期待にふるえる。

「ああ、だめ……お願い、タカちゃん。私にはもう主人が――」

「理沙子」

グニグニと、今度は片手だけで乳を揉みながら、隆はふたたび理沙子の耳に口をよせる。

「オマ×コ舐めたい」

「――ひっ。な、なにを言って……アアァン……」

耳たぶをそっと歯でかじった。絶妙な力加減でやわらかなそこをソフトにかんでは解放する。

「あっ……あっあっ……だめ……タカちゃん……だめってば……」

理沙子の反応に、さらに艶めかしいものが混じった。耳の穴に熱い鼻息を吹きかけながらの耳たぶ責めは、明らかに彼女のスイッチを入れたようだ。

「ちょ……あぁン、だめ――」

「オマ×コ舐めたい」

「タカちゃん」

こんな風に理沙子に迫るのは初めてだった。かつてつきあっていたとき、隆はいつも紳士でいた。

だが紳士など、もうくそ喰らえだ。この女が淫乱な痴女だというのなら、こちらもとことん下品な性欲に、どっぷりと身をまかせてやる。

「オマ×コ舐めたい。理沙子のオマ×コ。理沙子のオマ×コ」

「あああ……きゃ」

乳から手を放し、スカートを豪快にまくりあげた。すかさず指をくぐらせて股の付け根にタッチをする。

「ヒイィ。い、いや。やめて。あァン……」

露になったのは、夜目にも白い太腿だ。しかもそのムチムチとした股間には、腿の白さを上まわる純白のパンティが吸いついている。

こんもりと盛りあがるクロッチのふくらみに指を這わせた。そっと力を加えただけで、理沙子はビクンと肢体をふるわせる。

あのころは、こんな女ではなかった。いや、あの当時も一皮剝けばこうだったのかも知れないが、少なくとも理沙子は必死に隠してごまかした。

そして隆も、気づけなかった。

敏感な部分に触れると必ずいやがった。いつだってそうした行為への嫌悪を露にし、いやいやとかぶりをふって許しをこうた。

そうした理沙子を、隆は誤解した。彼女は淫らなスイッチが入ってしまうことを、ただひたすら恐れていたのだ。

「はうぅ、だめ、触らないで。お願い、タカちゃ――あああ……」

「理沙子のオマ×コだ。あのころは俺のものだった、スケベなマ×コだ」

「やめて。やめ……ハアァン……」

熱をこめてささやき、なおも耳たぶをやさしく噛んで、パンティ越しにワレメを愛撫した。

上へ下へと指を往復させ、何度も粘っこく恥裂をなぞる。

理沙子の反応はさらに艶めかしさを増した。「だめ、だめ……」と泣きそうな声で言いながら、堪えきれずに何度も身体を痙攣させる。

「だめってば、タカちゃん……」

「マ×コ。理沙子のマ×コ。なあ、久しぶりに舐めたい。舐めるだけじゃなくて」

「あああ」

パンティ越しにヌプヌプとワレメに指を押しこんだ。密着させた指の腹で、スリッッ、スリッとクリトリスも刺激する。

理沙子の喉からは、たまりかねたような淫声がもれた。清楚な人妻はあわてて口を覆い、「困る。困る」というようにかぶりをふる。

烏《からす》の濡れ羽色をしたストレートの黒髪が、波うつ動きでふりたくられた。そのたびシャンプーのものらしき、甘い香りがまき散らされる。

「なあ、理沙子。おまえのマ×コ……舐めるだけじゃなくて」

「んっぷぅ。んんんウゥッ」

クリトリスを擦ることを意識しながら、ワレメに埋めた指を上下に動かした。

パンティのクロッチに、浅黒い指がめりこむように埋まっている。隆の指がスリスリと肉裂と陰核を擦り立てると、理沙子はストンと腰を落としそうになる。

何度も懸命に踏んばった。ムチムチした太腿の肉をふるわせながら痙攣する。

「ああ、だめ、タカちゃん……だめぇぇ……」

「したい。おまえのマ×コにあんなことやこんなこと。なあ、理沙子。理沙子」

「んっぷはあああぁ」

耳の穴に舌を差し入れ、音を立てて舐めた。

股間の肉割れと耳の穴への激しい二点責め。理沙子はますます我を忘れ、手でふたをした口から、色っぽい声をあふれさせる。

「タカちゃん、だめよ。わ、私たち、もうこんなことをしていい関係じゃ――」

「昔の俺たちに戻ろうって言っているんじゃない」

それでも理沙子は理性をかき集め、なんとか一線を越えまいと言い募る。

だが、そんな人妻に隆は言った。理沙子は美貌をこわばらせ、隆を見つめ返す。

「はじめよう、理沙子。新しい俺たちの関係を」

「タ、タカちゃん。あああぁ」

困惑したまま、理沙子は隆を見た。

そんな理沙子を見ながら、さらにえぐるようにワレメを押す。ニチャッと淫靡な汁音がはじけ、いっそう深々と淫肉に指とパンティがめりこむ。

「はぁアン……」

これだけのことで、理沙子の女陰はとろけはじめていた。

忘れられない男から熱烈な愛撫を受け、早くも意志とは裏腹ないやしい欲望があふれだしたということか。

こんな彼女を見るのは初めてだ。隆は背すじに鳥肌を駆けあがらせる。

「はじめよう、理沙子。新しい俺たちを」

もう一度、誘うように言った。媚肉に埋まった指は、パンティに染みる淫らな汁のせいで、ぐっしょりと濡れはじめている。

「タカちゃん……」

理沙子はなおもとまどったままだった。隆はうなずいて言った。

「隠すことなんてない。ほんとの理沙子を見せてくれ。俺、今日は……ほんとのおまえに会いに来たんだよ」

5

「あァン、タカちゃん……困る……ほんとに困るの……」

この期《ご》に及んでも、理沙子はまだなお困惑しつづけていた。

繁華街から少しはずれたところにある、安っぽいホテル街。瑠奈と結婚してからはすっかり遠のいていた場所である。

隆は久しぶりに、その一角にあるラブホテルへと理沙子を連れこんでいた。

「理沙子、素直になれって……」

「ンッむぅウン……」

狭い部屋のほとんどを占めているのは、クイーンサイズの大きなベッドだ。

その足もとに、二人がけのソファとローテーブルが置かれている。

ソファに理沙子を座らせると、またしても隆はその朱唇を奪い、ワンピース越しに乳をつかんだ。

「ンンゥ、タカちゃ……むはあぁ。ひゃん。ひゃん……」

スリスリと、ワイパーのように指を動かし、服の上から乳首を擦る。

路地裏での前戯で、すでにスイッチは入っていたらしい。隆が乳首を擦るたび、理沙子は面白いほど身体を痙攣させた。

「おおお。理沙子、おまえ……ほんとは、こんなに感じる女だったんだな」

万感の思いで、隆は言った。理沙子はハッとしたように両目を見開く。

「な、なにを言っているの。私……私はそんな女じゃ――」

「隠すなよ。もう隠すな」

「きゃっ」

ローテーブルを押して居場所を作り、ソファから床へと場所を変えた。驚いて身をこわばらせる理沙子に有無を言わせず――。

「きゃあああ」

もっちりとした足を引っぱって理沙子の身体をすべらせる。窮屈な体勢をしいられた人妻は、後頭部と肩をソファの背もたれに押しつける。

隆はすかさず、肉感的な美脚をすくいあげた。暴れる熟女を強制的に、あられもないガニ股姿におとしめる。

「あああ。タ、タカちゃん……」

ワンピースのスカートがまくれ、健康的な太さをたたえた色白の脚が露になった。

露出したのは太腿だけではない。やわらかそうな股間には、先ほども目にした純白の下着が食いこむように吸いついている。

陰唇の存在を感じさせるクロッチが、こんもりと盛りあがっていた。

路地裏でのいやらしい前戯のせいで、楕円状になったシミが、まだなお名残をとどめている。

「隠すなよ。もう分かってるんだろ。俺、井上と会ったよ」

「ううっ」

いやがって暴れる理沙子に、訴えるように言った。

やはり、とっくに察しはついていたようだ。涙目になった理沙子は困ったようにうめいて視線をそらし、なおも激しく身をよじる。

「放して。放して、タカちゃん。いや、恥ずかしい、こんな格好――」

「だから、あいつが今夜なら出張に出ていていないことも分かっていた。しかも、分かったことはそれだけじゃないんだ」

「あああ……」

そう言うや、さらに力を入れて理沙子をガニ股にさせる。

M字に広げた二本の脚が、胴体の真横に並ぶほどにした。ムチムチした脚が完全に開ききり、鼠径《そけい》部の腱が突っぱって淫靡なくぼみを作りだす。

「理沙子。んっ……」

隆は舌を飛びださせ、クロッチ越しに陰唇を舐めた。

「きゃあああ」

強い電気でも流されたかのようだった。理沙子は悲鳴をあげ、尻を浮かせてバウンドする。

「おお、エロい反応……」

隆はうっとりとした。もしかしたら井上と結婚し、淫乱な自分を隠そうとしなくなったことで、あのころよりも性感が鋭敏さを増しているのかも知れない。

「あぁン、タカちゃん……」

理沙子はパニックのようである。感じてしまう自分を恥じらうかのように、さらにその目に涙を溜め「だめ。だめ……」と髪を乱してかぶりをふる。

「いいんだ、もう隠さなくても。井上から聞いたんだ」

「うっあああ」

もう一度、れろんと淫肉を舐めあげた。

理沙子は一度目以上にとり乱した声をあげ、ふたたび窮屈な体勢で、派手に身体を跳ねあげる。

「はぁはぁ。はぁはぁはぁ。あァ、タカちゃ——あああああ」

しびれるほどの昂《たか》ぶりを、隆はどうすることもできなかった。

三度、四度、五度と、くり返しパンティ越しにクンニをする。そのたび理沙子はあられもない声をあげ、感電でもしたかのようにソファで跳ねた。

隆の知らない理沙子だった。井上が言っていたとおりの理沙子だった。

(やっぱり理沙子は淫乱な本性を隠していたんだ……)

歓喜にふるえて心中でつぶやくと、昂揚《こうよう》感はさらに高まった。

隆の指が、いちだんと強い力で内腿に食いこむ。乱暴な力で抵抗を封じると、隆はふるいつくようにパンティの上からワレメに吸いつく。

……ぢゅるぢゅる。ぢゅるる。

「うあああ」

わざと品のない音を立て、汁でもすするように秘割れを吸った。

理沙子はすさまじい声をあげる。

こんなことをされてはたまったものではないとばかりに、自由にならない身体を暴れさせ、ソファをギシギシときしませて叫ぶ。

「うあああ。タカちゃん。タカちゃん。あああああ、恥ずかしい。恥ずかしい」

「恥ずかしくない。もうバレてるんだ、理沙子。隠さなくていい。俺はメチャメチャスケベなおまえが見たい」

……ぢゅる。ぢゅるぢゅる。ぢゅるぢゅるぢゅる。

「あああ。あああああ。困る。困る、困る。ひっはあぁ」

……ビクン、ビクン。

「おおお。り、理沙子……」

直接媚肉を吸い立てたわけではなかった。

それなのに、パンティ越しのすすり責めだけで、理沙子は達した。ソファの上で身を躍らせ、右へ左へと激しく身をよじる。

「うあ……は、恥ずかしい……いやン、いやン……あああ……」

「くぅ、エロい。知らなかったよ、理沙子」

絶頂に達した理沙子の痙攣は、なかなか終わろうとしなかった。

すでに両脚は拘束などしていない。

それなのに、両脚をM字に開いたまま、ヒクン、ヒクンと身をふるわせ、はしたない歓喜にどっぷりとひたっている。

「はぁはぁ……タ、タカちゃん。あぁぁン……」

改めてスカートをまくりあげ、パンティの縁に指をかけた。理沙子はわずかにとまどったものの、隆の動きが速かった。

「いやあぁ……」

ズルッ、ズルズルッと容赦なく、股間から下着をずり下ろす。クロッチの裏にはべっとりと、粘りを感じさせる濃い汁が蜂蜜のように付着していた。

パンティと陰唇の間に、ふしだらな蜜の糸が何本も伸びる。

白いパンティはヌメヌメとした裏側を見せながら、腿から膝、膝から脹ら脛へと下降し、足首から抜かれる。

ちぎれた蜜の糸がユラユラと揺れ、力をなくして太腿に貼りつく。

「はぁはぁ……ああ、久しぶりだ。理沙子のココを見るの……」

吐息が乱れているのは、理沙子だけではなかった。衝きあげられるような興奮のせいで、気づけば隆もまた荒い息になっている。

「タカちゃん。あはあぁ……」

もう一度、肉感的な脚をすくいあげ、さっきと同じガニ股にさせた。

息づまる思いで、露になった陰部を見る。

「おおお……」

「アァン、見ないで……困る……ほんとに困るの。うああ……」

恥じらって身をよじるものの、まだなおアクメのしびれから抜けきってはいないようだ。

抗う力は先ほどまでとは比較にならないほど弱く、暴れる先から力が抜けている。

（ううっ。相変わらず……すごいマン毛！）

かつての恋人を身もふたもないポーズにさせたまま、隆はマジマジと彼女のもっとも秘めやかな部分を見た。

そこにはまさに、剛毛というしかない黒々とした陰毛が生えている。

ジューシーさを感じさせるふっくらとした秘丘に、縮れた秘毛がびっしりと密生しているのである。

最初にこの剛毛を目にしたときは、猛烈な興奮を感じたものだ。

上品な美貌からは、とてもではないがこの生えっぷりは想像ができない。

あり得ないほどのギャップに、隆は欲情した。

だが当時の彼は、知らなかったのだ。

美貌と剛毛の落差以上に自分を浮き立たせるとんでもないギャップを、この女が実はまだこっそりと隠していたことを。

「ああ、理沙子。すごく濡れてる。初めて見るよ、こんなにグチョグチョになっている、おまえのマ×コ……」

息苦しさにかられながらの性器鑑賞は、いよいよ究極の裂け目へと向かった。

「いやァ、そんなこと言わないで。死にたい……死にたいイィィ……」

体力が少しずつ回復してきたようだ。暴れる理沙子はまたしても、激しい力をにじませはじめる。

隆は熟女の太腿に、ギリギリと指を食いこませて抵抗を封じた。極芯を見つめる自分の目に、生々しいものがあふれだすのを本能的に感じる。

理沙子の淫華は、すでにくぱっと肉ビラを広げていた。

蓮《はす》の花の形に開花した牝唇は、甘酸っぱい匂いのするたっぷりの蜜を沸きかえらせている。

目にするだけでゾクッとくる膣粘膜は、懐かしいローズピンクの色をさらした。複雑かついやらしい凹凸の園を、透明な愛液がコーティングしている。

胎肉へとつづく卑猥な穴のとば口が、呼吸でもするかのように開いたり閉じたりをくり返した。

そのたび牝蜜の沼に小さな気泡が現れる。蝶の羽さながらにラビアがうごめいた。

「い、いやらしい。こんなにスケベな汁を漏らして……」

隆はまたもぐびっと唾を飲みこんだ。下品なガニ股を強要する指に力が加わる。やわらかな内腿の肉にギリギリと指先が埋まって見えなくなる。

「はうう、タカちゃん……」

「知らなかった。こういう女だったんだな」

「違う。違うウゥ……」

「違わないだろ。これがおまえだ。これがほんとの理沙子なんだ」

つきつける声は、たまらず上ずった。

隆はふたたび唇をすぼめ、今度はいよいよ剥きだしの秘唇に、矢も楯もたまらず吸いついた。

6

「うあああ」

　露出した淫肉にむしゃぶりつかれた理沙子は、この日一番のあられもない淫声をあげた。

　背すじをしなやかなU字にたわめ、隆が一度として聞いたことのなかったような声を惜しげもなくひびかせる。

「おお、理沙子……こうか。こうしてほしいか。んっ……」

……ズチュチュ。ズチュチュ、チュウチュチュッ。

「あああ。タカちゃん。そんなことしたら。そんなことしたら。あああああ」

「気持ちいいか、理沙子。ほんとのことを言うんだ。気持ちいいんだろ」

……チュウチュチュッ。ぢゅるぢゅる。チュウチュウ。

「うあああ。あああああ」

　すぼめた唇を粘膜の園に突きたて、品のない吸い音を立てて、蜜沼に分泌された愛液をすする。

もちろん、ただすするだけではない。めったやたらに舌をくねらせ、膣穴の入口付近をピチャピチャ、ペロペロと執拗なまでに舐めしゃぶる。

「ああ、だめ。だめだめ。ああああああ」

繊細な神経の密集した部分を舐め立てられる快感は、淫乱な身体にはたまらないだろう。理沙子は狂ったように身をよじり、背すじを浮かせ、尻を跳ね躍らせて——。

「あああ。いやン、いやン。だめだめだめ。うああ。あああああ」

ますますその声に演技ではない狂乱ぶりをにじませ、白い首筋を引きつらせては獣《けもの》のようによがり泣く。

（ああ、マン汁が……）

猛然とクンニをし、のたうつ熟女を責め立てながら、隆もさらに昂ぶった。

ちゅるちゅるとすすり、舌ですくって愛液をこくっこくっと嚥下《えんげ》する。

それなのに、理沙子の密園はどん欲だ。舐めとる端から新たな蜜を、ブチュブチュ、ニヂュチュと膣穴を開閉させて分泌する。

果実のような甘酸っぱい匂いをふりまいて、煮こまれた蜜があぶくを立て、粘膜いっぱいに広がっていく。

「感じるんだな、理沙子。はぁはぁ。マ×コ豆はどうだ。どうだ、どうだ」

「ンッヒイイィ」

隆は責めの矛先を、ワレメからクリトリスへと変えた。

ルビーのような肉真珠が、莢《さや》から顔をのぞかせている。

硬くした舌先をくねらせた。巧みに舌を動かして、莢からずるりと陰核を剝く。

「ハッアァァン、タカちゃん……」

「おお、理沙子。んっんっ……」

……ピチャピチャ。

「ヒイィ。ヒイイィ」

剝きだしにした牝豆に、容赦なく舌を擦りつけた。よがる理沙子の悩乱ぶりは、肉割れへの責めの比ではなかった。

枝豆とよく似た感触のとがり芽に、れろんと舌を擦りつける。

理沙子はそのたび、とり乱した声をあげた。ビクン、ビクンと痙攣し、やがてその腰をいやらしい動きでくねらせだす。

「理沙子、なんだこのエロい腰使いは。気持ちがいいんだな。そうなんだろ」

……ピチャ。れろれろ。ネロン。

「ああ、いやッ。やめて。だめ、だめだめ。ああ、そんなにしたら。ンあっあぁ」

感度の高い肉豆に、容赦なく舌の雨を降らせた。

そんな隆の怒濤のクリ責めに、理沙子は激しく乱れ、驚くばかりの暴れかたで両脚をばたつかせる。

「くぅぅ、理沙子……」

「ああ、タカちゃん。どうしよう。どうしよう。うあああ」

（ううっ。これは……）

よがり狂う熟女を責めながら、隆は動揺もおぼえていた。

自分の知らなかった理沙子が、目の前に現れはじめている。

死ぬほど相まみえたかった魅惑の人格のはずなのに、気づけば怖いもの見たさのような思いで理沙子に対している自分がいた。

「理沙子……」

「うああ。あああああ」

めったやたらに舌をくねらせ、ずる剝けのクリ豆をクンニする。

下から、上から、右から、左から。

隆の唾液でねっとりとぬめるピンクの真珠を舌ではじけば、いよいよ理沙子は獣の様相を帯びはじめた。

「あああ。どうしよう。タカちゃん。困る。ほんとに困るの。うあああああ」

ほとばしる声は、次第に低音の響きを増してくる。

理沙子は恥も外聞もなく口を開け、パニック気味に目を見開いて、ソファの上でその身をのたうたせる。

「理沙子、イキたいんだろ。イケよ。イケイケ。そらそらそら」

隆はひるみそうな自分を鼓舞し、ばたつこうとする両脚を拘束した。

荒い息をつき、ひたすら舌を躍らせて、唾液まみれの肉豆をピチャピチャ、レロレロと舐めしゃぶる。

すると――。

「うあぁ。ああああ。どうしよう。どうしよう。もうだめ。だめだめえええっ」

理沙子の反応が、いきなりギアをチェンジした。

いっそう艶めかしくとり乱し、目を剝いて美貌を引きつらせる。

絶望と官能が、清楚な美貌をこわばらせた。放して、放してと訴えるように、すさまじい力で身をよじる。

「り、理沙子」

「ああ、気持ちいい。気持ちいいのお。うああ。あああああ」

——ブシュパアァーーーッ！

「うわわっ」

ひときわ強い電撃に身体を貫かれたかのようだった。理沙子は派手に全身をふるわせ、アクメの衝撃に打ちふるえる。

隆は両脚を解放しなかった。理沙子はガニ股になったたままだ。

そんな熟女の秘唇から、まるで水鉄砲さながらに、透明な飛沫が隆めがけて噴きだしてくる。

「おお、これは、潮……ああ、すごい。理沙子がこんなエロい潮を……」

「うああ。あああああ。見ないで。恥ずかしい。恥ずかしい。うあああああ」

低音の響きを宿した嬌声をあげ、理沙子は潮噴きアクメをつづけた。

飛びちる潮がビチャビチャと、勢いよく隆の顔面をたたく。

汁のぬくみと激しい噴き出しかたにうっとりとしながら、隆は愛する女の潮を浴びる喜びに耽溺する。

「はぁはぁ……はぁはぁはぁ……」

理沙子は心の趣くまま、長いこと痙攣をした。

一晩中溜めこんだ小便をぶちまけるような豪快さで、あきれるほどの時間、潮噴きの恍惚に身をゆだねた。

ようやくそれらが一段落したときには、息もたえだえの様子になる。

やっと両脚を解放してやった。理沙子はなかば失神でもしてしまったかのような心もとなさで、全身を脱力させ、荒い息をついた。

ムチムチとした身体は、今にもソファから完全に落ちてしまいそうだ。

「おお、理沙子……」

そうした理沙子の落花無残な姿に、隆は多幸感を新たにする。怖いもの見たさな気分など、もはや完全に吹っ飛んでいた。

本当の理沙子と会えた。やっと会えた。

やはり自分は、とんでもない誤解をしたまま、この女との関係を清算してしまったのだ。

「はぁはぁ。タカちゃん……」

理沙子は息をととのえ、どうにか口がきけるまでになった。

はぁはぁと吐息をこぼして小さな肩を上下させ、ねっとりした目つきで隆を見つめ返す。

「理沙子……」

なんと色っぽい表情をするのだと、隆は息を呑んだ。

ここにいるのは間違いなく理沙子なのに、知らなかった彼女がじわじわと確実に姿を現している。

「ばれちゃった。恥ずかしい私を、知られちゃった……」

理沙子の目はふたたびうるんだ。隆を見つめる目つきには、それまで一度だって見たこともない、官能的な媚びがある。

熟女はゆっくりと身体を起こした。

「り、理沙子……」

「もうだめ」

「えっ」

「タカちゃん、もうだめ。こんなことされたら、私もうだめ」

「あっ……」

理沙子の行動はすばやかった。ソファからするりとすべり降り、立ちあがる。隆に近づくと彼を起こし、二人してベッドにもつれこむ。

「り、理沙子……」

二人の勢いをまともに受け、ベッドのスプリングがきしんだ。理沙子の息は荒い。

苦しげな顔つきで、訴えるように隆を見る。

「タカちゃん。もうだめなの。タカちゃんがいけないの。こんな私、嫌いなのに」

「おおお……」

なじるように言いながら、理沙子は起き上がり、隆の服を脱がせはじめた。

ネクタイをむしりとり、シャツを脱がせ、引きちぎるかのようにして上半身から下着を強奪する。

(マジかよ……)

唖然としながら、隆はされるに任せた。

彼を半裸にさせた熟女は、はぁはぁと息を乱したまま、今度は隆のベルトをはずし、スラックスも脱がせる。

中から露になったのはボクサーパンツに包まれた股間である。ペニスはとっくに勃起して、下着の布に亀頭の形を盛りあがらせていた。

「あァン、タカちゃん……どうしよう。恥ずかしい。でも。でも」

困惑した顔つきで言いながらも、もはや限界のようである。理沙子は艶めかしく身をくねらせ、自らもワンピースを脱ごうとした。

背中のファスナーを下ろし、両手をクロスさせる。覚悟を決めたかのように、丸めたワンピースをたくしあげ、首から抜いた。

「おお、理沙子……」

隆がパンツ一丁なら、理沙子はブラジャー一枚を身につけただけの姿になる。

とうとう露出した官能的な半裸に、隆はしびれるほどの昂ぶりをおぼえた。四年分の年月が、もともとセクシーで肉感的なこの女にさらなる艶を与えている。

色の白さに恵まれた美肌は、餅肌でもあった。

どこもかしこもやわらかそうな肉付きをしていて、男を腑抜けにさせる濃厚な色香を放っている。

7

「ごめんね、タカちゃん。こんな私でごめんね」

理沙子は泣きそうな顔つきになっていった。美しい黒髪が乱れ、額や頬にべっとりと貼りついている。

汗をかきはじめていた。なんともセクシーな汗である。

火照りだした裸身に噴霧器で水を浴びせたかのように、全身がしっとりと淫靡な光沢を放っている。

「り、理沙子……」

「アァン……」

理沙子の両手が背中にまわった。小さな音を立て、ブラジャーのホックがはずれる。そのとたん、二本のストラップが力をなくした。

剝がれ落ちそうになった大きなブラカップを、理沙子はそっと両手で支える。

「おおお……」

「知られたくなかった……タカちゃんにだけは……」

理沙子の瞳から、ほろりと大粒の涙があふれた。かつての恋人のせつない心情に、隆は胸打たれる心地になる。

「こういう女なの。ふつうがよかった。こんな身体、ちっともほしくなかった……」

「な、なにを言うんだ」

ペニスがキュンと甘酸っぱくうずいた。亀頭とパンツがさらに擦れ、射精しそうな衝動が増す。

「隠す必要なんてなかったんだ」

隆は言った。心からの思いである。

「タカちゃん……」

「見せてくれ、本当の理沙子を。俺は……俺は……」

言葉にするのは気が引けた。だが、はっきりと告白しなければ話にならない。

「俺は……スケベな女が大好きだ」

「えっ」

驚いたように理沙子が目を見開いた。

「理想の女なんだ。理沙子は俺の。理沙子がこういう女だって分かっていたら、絶対に手放しなんかしなかった」

「タカちゃん……」

「俺は……淫らな女がいいんだ。大好きなんだ」

「ああ……」

理沙子の瞳から涙があふれた。彼女の発情スイッチは、それを契機にさらにもう一段階、レベルをあげた。そんな気がした。

「いいのね。本当にいいのね……」

ブラのカップを持ったまま、その手がそっと胸から剝がれる。

「こんな女で……本当にいいのね……」

「おおお……」

たゆんたゆんと重たげに揺れながら、魅惑の豊乳が隆の視線にさらされた。

小玉スイカ顔負けのGカップおっぱいは、挑むかのような盛りあがりかたで先端の乳首を強調している。

乳首の色は、日本人離れしていた。

西洋の女性を思わせるエロチックで鮮烈なピンク色。その上乳輪の直径も大きく、ヴィーナスの丘が剛毛ならば、こちらはデカ乳輪といういやらしさだ。

「理沙子、懐かしい……」

とうとう露になった理沙子の乳房に、隆は万感の思いを強くした。言うまでもなくピンクの乳首は、サクランボのように丸くしこり勃《た》っている。

「もうだめ……」

涙目に濡れた双眸《そうぼう》に、艶めかしいぬめりが加わった。

現れた。理沙子が必死に隠しつづけた、本当の彼女がやってきた。

「理沙子……」

「もうだめ。タカちゃん、だめなの。私……こういう女なのよ」

泣きそうな声で告白したと思うや、理沙子は身を屈め、隆の股間に両手を伸ばす。

指をかけたのはボクサーパンツの縁である。

全裸の熟女は「ああ……」と感極まった声をあげた。もはや一刻も猶予はないというような性急さで、勢いよく下着をずり下ろす。

――ブルルルンッ！

「あああ、タカちゃん……」

「くぅ、理沙子……」

中から飛びだしたのは、雄々しく勃起した肉棒だ。

どす黒くたくましいそれは、掘りだしたばかりのサツマイモさながらのワイルドさ。天に向かって反り返り、暗紫色の亀頭をふくらませてドクッ、ドクッと脈打っている。

根元でキュッと締まるのは、お稲荷さんのような形をしたふぐりである。

二つの睾丸の形を誇示するように盛りあがり、ひりついているかのごとき灼熱の赤味を見せて火照っている。

「ああ……」

それを見て、理沙子がおかしくなった。

「り、理沙子……？」

「ああ。あああ。ああああああ」

（うわあ……）

隆に脚を開かせ、股の付け根にまでにじりよる。理沙子は昂ぶったまま、上体をかがめた。白魚《しらうお》の指を伸ばしたかと思うと、ペニスを両手で包むようににぎる。

「おおお……」

「ああ、タカちゃんのち×ちんなの。ち×ちん。ち×ちん。あああああ」

理沙子は慟哭《どうこく》し、勃起した男根に頰ずりをした。いとおしそうに涙を流し、何度も何度もスリスリとすべらかな頰を擦りつける。

（き、気持ちいい！）

過敏さを増したカリ首を、執拗に頰で擦られた。そのたび軽い火花が散り、たまらず尿口からカウパーがドロッとあふれて理沙子の頰に粘りつく。

「ああ、ち×ちん。タカちゃんのち×ちん……嘘みたい。私ほんとに……タカちゃんのち×ちんにこんなことを……」

……スリスリ。スリスリスリ。

「うおお、理沙子。おおお……」

「はぁはぁ……あとで……あとで、いっぱい舐めてあげるわね……」

理沙子はうっとりと、秘めやかな口調でささやいた。

その声は、理沙子であって理沙子ではない。いよいよ痴女ぶりを露にしたかつての恋人を見あげ、隆は背すじに鳥肌を駆けあがらせる。

「理沙子……」

「でもその前に……タカちゃん、ち×ちん、私にちょうだい」

「えっ」

「もうだめなの。もうだめ。我慢できないの！」

上ずった声で言うと、理沙子はさらに場所を変え、隆の股間にまたがった。

ペニスはにぎったままである。角度を変え、天に向かって雄々しく屹立《きつりつ》させたまま、片膝立ちの体勢で、ワレメを亀頭に押しつける。

……クチュッ。

「おお、理沙子……」

「お願い、ラクにさせて。ほしいの。タカちゃんがほしい。ほしい。ほしい！」

「あ――」

……にゅるん。

「ハアアァアン」

「うおお……」

理沙子は自ら腰を落とし、恥溝に鈴口をすべりこませた。ヌルヌルしていて温かな、いやらしい粘膜が全方向から亀頭と棹《さお》を締めつける。

「ああ、理沙子。この濡れっぷり……」

「いやン、そんなこと言わないで。んアッ、んああァ……」

……ヌプッ。ヌプヌプッ、ヌプッ。

「こ、これは。おおお……」

理沙子は味わうかのように、腹の底に裂けた卑猥な肉穴に隆の怒張を呑みこんだ。たっぷりと潤んだ密園は、想像していた以上の愛蜜に満ちている。

こんな理沙子の淫肉を体験するのは初めてだ。

セックスをいやがって裸の背を向け、恥ずかしそうに身体を丸めていたあのころの理沙子が脳裏に蘇る。

「ハァアン。ああ、タカちゃんだわ。タカちゃんだわ」

「り、理沙子……」

「ああ、あああ。ち×ちんおっきい。タカちゃんのおち×ちんッ！」

「うおっ」

……バツン、バツン。

ぬめる貝肉は、根元までずっぽりとペニスを呑みこんだ。

理沙子は隆にまたがったまま、彼の腹に指を置く。いやらしい動きでカクカクと、前後に腰をしゃくりだす。

「ハッアアァァン」

「おお、いやらしい……」

「ハッヒイィ。そう、いやらしいの。お願い、嫌いにならないで。いやらしい女に生まれてきちゃったの。タカちゃん、でも私……き、気持ちいい！」

「ううっ、理沙子。信じられない……」

自ら腰をふりだした淫らすぎる美人妻に、隆は息づまる気分になった。思わず口を開け、彼女を見あげる。

痴情を露にした理沙子は、もうどうにもとまらないという感じで腰をふった。つつしみに満ちていたはずの熟女の腰が、前へ後ろへとふりたくられる。

やわらかそうな腹の肉に、横一線のスジが生まれた。お腹がくびりだされてはもとに戻る動きをくり返す。

「信じられない。あの理沙子が、こんなエロい動きを！」

「はあぁン、タカちゃん。そんなこと言わないで。いやン、気持ちいい。気持ちいいの。あっあああ」

理沙子はいやいやとかぶりをふり、黒髪をふり乱した。

両手を隆の腹に当てているため、二本の腕がV字の形になっている。そのため乳房がせりだされ、いびつにひしゃげたままたぷたぷと揺れた。

8

「あァン、とろけちゃう。タカちゃん、こんな女でごめんね。でも感じちゃうの。うああ。あああああ」

快楽をむさぼりながら、理沙子は感極まった声をあげた。

天を仰ぎ、恍惚の表情で吐息をもらす。白い首筋が引きつった。こわばる美貌に新たなるアクメの予兆が見えはじめる。

「くうぅ……」

隆もまた、さほど長くはもちそうもなかった。

いとしい女との久しぶりのセックスというだけでも怒張のうずきは尋常ではない。

それなのに、かてて加えて理沙子の肉ヒダは、驚くばかりの蠕動ぶりで肉棒をムギュムギュと絞りこんでくる。

「おお、理沙子……お、俺も気持ちいい！」

「ヒイィィン」

たまらず腰を使い、下から理沙子を突き上げた。猛《たけ》る極太がヌチョヌチョと、さらに奥まで理沙子の子宮をこねてえぐって揉みつぶす。

「あヒィ、気持ちいい。タカちゃん、しびれちゃうン」

理沙子は動きを止め、背すじをたわめてあごを突きあげた。言葉のとおり、相当強烈な恍惚を感じているのだろう。

「あああ。あああああ」

ほとばしるよがり声はどんどんとり乱していき、うっとりと両目を細めたまま、女陰の中をほじられる下品な悦びに身を焦がす。

「気持ちいいか、理沙子」

息を荒げて腰をしゃくった。膣奥深くまで男根を突きさしては抜きながら、煽《あお》るように理沙子に聞く。すると理沙子は――。

「き、気持ちいい。もっとして。タカちゃん、もっと。もっともっと。あああ」

両手を頭にやって髪をかきむしり、内緒の快楽に我を忘れる。

その激しすぎる乱れっぷりは、まさに痴女としか言いようがない。そんな理沙子の狂いかたに、隆はいちだんと興奮した。さらにバツバツと、熟女のヒップにおのが股間をたたきつける。

「ああんン。気持ちいいよう。とろけちゃうン。うあああ」

「はぁはぁ。理沙子。理沙子！」

「ハアァァ……」

とうとう理沙子はバランスをくずし、隆に覆いかぶさった。隆は両手を熟女に伸ばし、つかまえたとばかりにかき抱く。

理沙子の裸身はじっとりと湿っていた。噴きだす汗はさらに量と粘りを増し、密着した隆と擦れては、ニチャニチャと生々しい音を立てる。

汗でぬめったおっぱいが、隆の胸板でやわらかくつぶれた。硬い乳首が食いこんで、淫靡な熱を伝えてくる。

「ハアァ。タカちゃん。ち×ちん気持ちいい。もっとして。もっと動かして」

「こ、こうか。これがいいか」

――パンパンパン。パンパンパンパンパン！

「ああ、それ。それそれそれええ。あああああ」

「はぁはぁ。はぁはぁはぁ」

汗みずくの痴女を抱きしめたまま、怒濤の勢いでピストンをくり出した。

スパートをかけた抜き差しは、もはやフルスロットルである。いつまでも理沙子と乳繰りあっていたいのに、本能がそれを許さない。

（ああ、出る！）

ヌメヌメした膣ヒダとカリ首が擦れ、甘酸っぱい電撃が何度もひらめいた。

煮こんだザーメンが濁流のように荒れ狂う。肉の門扉が荒々しく開き、うなりをあげた白濁が洪水となって陰茎の芯をせりあがる。

「ハアァン、タカちゃん。気持ちいい。もうだめ。イッちゃう。イッちゃうイッちゃうイッちゃう。あああああっ」

「理沙子、俺もイク……」

「うあああ。あっあああああっ‼」

――びゅるる！　どぴゅっ。びゅぴゅっ！　どぴゅどぴゅ！

エクスタシーの雷《かみなり》が、脳天から隆をたたき割った。

真っ白な光が音もなく頭の中にひらめく。

（とろける……）

今まで一度だって感じたことのない快《こころよ》さだった。女の膣奥に精子を飛びちらせることが、これほどまでの快感を伴ったことはない。

……ドクン、ドクン。

脈動する男根は、音さえ立てているかのようだ。何度も雄々しく膨張してはキュッと締まり、とろけた糊《のり》にもよく似ている愛欲の汁を飛びちらせる。

「あああ……す……すごい……すごいの……」

「理沙子……」

あまりの気持ちよさに恍惚となり、しばし理沙子を忘れていた。そんな隆のしびれた鼓膜に、艶めかしい人妻の声が聞こえてくる。

どうやら一緒に達したようだ。汗みずくのまま隆にしがみつき、ビクン、ビクンと断続的に痙攣をつづけている。

「わ、悪い。ゴム、しなかったな……」

隆は今さらのようにわびた。快楽に溺れきり、今の今まで避妊のことなど、これっぽっちも眼中になかった自分に気づいて愕然とする。

ゴムなしで理沙子とセックスをするのは、今回が初めてだった。

「いいの……いいの……」

理沙子は隆に抱きついたまま、かぶりをふった。さらに激しく、彼にむしゃぶりつくまねまでする。

「あの人のことを思ったら、後ろめたい。とっても……でも……」

人妻は顔をあげた。こちらを見る。

隆は胸を締めつけられた。

理沙子はまたしても、切れ長の瞳から涙をあふれさせている。

「どうしよう……幸せ……アソコに、タカちゃんの温かいものが……」

「くぅ、理沙子……」

「ねえ、気づいてる？　私、今日はじめて、タカちゃんの精液を……」

「わかってる。わかってるさ」

思いは同じだと伝えるかのように、隆もまたきつく理沙子を抱擁した。

「ああ……」

理沙子は万感の思いにひたるかのように目を閉じ、幸せそうな吐息をこぼす。

乳房がさらにやわらかくつぶれ、ニチャッと汗の音を立てた。

乳首の熱さがヒリヒリと隆の胸板にしみわたった。

結局その夜は、理沙子の膣に三回も精子をぶちまけた。

約束どおりペニスもねっとりとしゃぶってもらい、いとしい女の口中にも濃厚なザーメンを射精した。

まさに、陰嚢の中が干からびるかのごとき一夜となった。

接待の飲み会で遅くなるとは、あらかじめ妻の瑠奈には伝えていた。深夜にそっと帰宅すると、なにも知らない彼女は安らかな寝顔を見せて眠っていた。

夜着に着替えた隆は、妻の眠るベッドでオナニーをした。

もちろん脳裏に蘇らせたのは、底なしの性欲を露にして乱れまくる理沙子の痴態だ。

隆の陰嚢は、ちっとも干からびてなどいなかった。

射精をしても、射精をしても、ペニスの勃起はおさまらない。

理沙子を思うだけで見る見る新たな精液が溜まり、何度でも射精できそうだった。

隆は身悶えしたいような甘美な時間を一人で生きた。

第三章　底なしの肉欲

1

男と女の愛のかたちにはさまざまなものがある。

だが、焼けぼっくいに火が点いてしまった男女ほどやっかいなものもない。

まして互いに未練があり、その上かつては知らなかった、相手のさらなる魅力に気づいてしまったなどということがあれば、その破壊力は尋常ではない。

（ああ、理沙子）

今日もまた、隆は夢見心地だった。

一か月前に理沙子との関係が復活して以来、はっきり言って仕事どころではなくなっている。それでも隆は必死になって営業担当としての職務をこなしていた。

こんな状態でも会社に迷惑をかけていない自分を誉めてやりたいほどだ。

「………」

ねっとりと目を細め、少し先に立つ理沙子を見る。

理沙子は書架の前に立ち、ずらりと並ぶ本の背表紙を涼やかな顔で見つめている。

理沙子の自宅近くにある、巨大ショッピングモール。

モールの一隅には、市が運営する公立図書館があった。

今二人は、その大きな図書館の中にいる。開館からまだ間もない時間のため、静謐な空気の流れるそこはがらんとしていた。

六十代に思える男性が、角をまわって理沙子の近くにやってきた。

理沙子は歴史関連のコーナーにいる。

老人は理沙子と並んで興味深げに書棚の本を物色しはじめた。

(今だ)

隆はニヤリと笑いそうになった。スラックスのポケットに手を入れ、あるものに触れる。

それは、小さなリモコンだった。

三段階のレベルで、スイッチを切りかえられるようになっている。

さりげなく二人と距離をとった。目の前の本に夢中になっているふりをする。リモコンに指を触れた。スイッチレベルを現在の1から、カチリと2にあげる。

「――――っ」

理沙子に動きがあった。

苦悶にあえぐ顔つきになり、思わず身を折り、後ろに尻をつきだしかける。

（おお、理沙子）

しかし理沙子は、すぐに体裁をつくろった。老人が理沙子を見ると、すぐになんでもない顔つきになり、書架から本をとってページを繰る。

（たまらない）

そんな理沙子の必死な様に、隆は嗜虐《しぎゃく》心を刺激された。

今あの清楚な熟女に起きている卑猥な事態を想像すれば、いやでも股間からふくらみかける。

隆は理沙子に、コンドームをかぶせた小さなローターを入れさせていた。

Gスポットに淫靡な振動を与えられるよう、膣のそのあたりに押しこむよう命じてあった。もちろん理沙子はそんな命令をしなくても、自らGスポットが気持ちよくなるベストスポットへとセットするに違いなかったが。

隆と理沙子はこの図書館に別々に入った。

そして隆は理沙子を探し、さりげなく熟女に近づくと、涼しい顔つきの彼女を遠目に捕捉しつつ、リモコンのスイッチをレベル1にしたのだった。

まずは最低の振動レベルからはじめた。

だがそうは言っても大人のオモチャである。

それ相応の強い振動が理沙子をパニックにおとしいれた。早くも彼女は動揺し、さかんにくなくなと身をよじっては、なんでもないふりをしようとした。

そうやって、ようやくなんとか取りつくろい、澄ました顔を維持することに成功していたところである。

そんな理沙子の姿にゾクゾクするような興奮を抑えきれず、隆はさらにローターの振動レベルを高めたのである。彼女の愛蜜まみれの肉穴は、早くもとんでもないことになっているはずだ。

「っ……ぅっ、ぅぅっ……」

理沙子は老人の目を気にして、背すじを伸ばし、やせ我慢をしようとする。

だが蜜肉で暴れるローターの刺激は、やはり激甚なようだ。

何度も眉間に皺《しわ》をよせ、へっぴり腰になりかけた。早く向こうへ行ってはくれないかと、祈るような顔つきで近くの老人をチラチラと見る。

すると——。

(行ったか……)

まさかこのような場所で、近くにたたずむ美しい女が陰唇にローターを入れられているとは思わなかったろう。

老人は何冊かの本を手にとると、その場を離れて受付に向かおうとする。

「ああ……」

男の姿が視界から消えるや、理沙子は安堵の吐息をこぼした。ぐったりと脱力し、手をふるわせて本をもとに戻す。

(誰もこなそうだな)

隆はもう一度館内に視線をめぐらせた。今なら大丈夫だと興奮を新たにする。

「フフ……」

口の端をつりあげてにやつきながら、理沙子に近づいた。

自然に歩けなかった。ようやく隆は自分の股間に、浅ましいテントがもっこりと張られていることに気づいた。

「アァン、タカちゃん……」

あたりには、二人以外誰もいなかった。

歴史コーナーの書架は図書館のもっとも端にあり、受付などスタッフが動きまわっている場所からも遠い。

「興奮するだろう、理沙子。なんだ、もうふるえているのかい」

至近距離まで近づいた隆は、理沙子の肉体が痙攣していることに気づいた。

「ち、違う。違うゥ……」

しかし理沙子は髪を乱して否定する。そのくせ我慢も限界らしく、もっちりとした美脚を交互に踏みしめ、潤んだ瞳で隆を見る。

「違うって？　嘘つくなよ」

色っぽく悶える美熟女に、隆は嗜虐の鳥肌を立てた。からかうように、責めなぶるように、苦笑しながら言う。

「う、嘘じゃない。私、ふるえてなんか――」

「ふるえているじゃないか」

「あぁン、タ……タカちゃん……」

取りつくろおうとする理沙子に、勃起したペニスが甘酸っぱくうずいた。

しびれるほどの欲望をおぼえる。隆は理沙子の腕をつかむと、独楽《こま》のようにまわして書架に両手をつけさせる。

「ちょっ……な、なにを。あァン……」

今日の理沙子は白いブラウスに、紺のタイトスカートという装いだ。同じ色をしたスーツの上着も携帯し、いかにもできるキャリアウーマン風のファッションに身を固めている。

理沙子の背後に陣どると、腰をつかんで引っぱった。たわわに実った大きなヒップをこちらに突きだすポーズにさせる。

（おおお……）

スタイリッシュなスカートに、臀丘の形が窮屈そうに浮きあがった。濃紺の生地がパツンパツンに突っぱって、裂けそうなほどになっている。

パンティの縁だとわかるV字のラインが、くっきりと浮かんでいる眺めもエロティックだ。

「ぐっ……」

隆はたまらなかった。思わず唾を呑む。

今日まで何度、理沙子の尻を舐めたり吸ったり揉みしだいたりしたか知れなかった。

それでもこうやって誇示するように突きだされると、もう三か月も禁欲をしいられたような渇きをおぼえる。

「ああ、理沙子」

「きゃああ――」

スカートの裾《すそ》に指をかけ、腰の上までまくりあげた。健康美あふれる色白の腿が朝の図書館に露になる。

水蜜桃を思わせるヒップを覆うのは、今日も純白のパンティだ。

隆はいとしいこの女に、自分と会うときはいつだって白い下着を身につけてくれと頼んでいた。

清楚な理沙子には純白が似合う。あのころの彼女もそうだった。

それなのに、一皮剝けばとんでもない女――そんなギャップに隆はもだえた。

まだ一日の労働や勉強がはじまったばかりの時間である。

そんな時刻に二人して、不埒《ふらち》な行為に溺れているかと思うと、後ろめたい昂揚感はますます高まる。

「タカちゃん、こんなところで……」

スカートをまくられ、悲鳴をあげかけた理沙子は、片手で口を覆ったまま美貌を引きつらせてふり向いた。

たしかに彼女の言うとおり、スリリングもいいところのシチュエーションである。図書館の最奥にある場所とはいえ、いつなんどき誰かが姿を現してもおかしくはない。

だが、だからこそ隆は燃える。

そしてそれは、理沙子も同じはずだった。

「はぁはぁ……こんなところだから、興奮するんだろ？」

「ええっ？　あああ……」

……ズルズルッ。

パンティに指をかけ、太腿の中ほどまでずり下ろした。ブルンといやらしくふるえながら、旨そうな尻が露出する。

今日も見事なボリュームだ。丸くて大きくてやわらかそうで、見ているだけで尿口からカウパーが漏れて下着に染みる。

「おお、理沙子」

「ハアアァン」

両手でわっしと尻肉をつかんだ。弾力的なヒップは、まるでゴムボールのよう。もにゅもにゅ、もにゅもにゅもにゅと乳でも揉むようにいやらしくまさぐる。

「ああ、だめ……タカちゃん……こんなところで……はああァン……」

あたりをはばかり、片手で口を押さえながらも、理沙子はあふれだす痴情をこらえられない。必死に左右をたしかめた。両目を剝いたその美貌は、哀《あわ》れなまでにこわばっている。

しかし彼女の本音はといえば――。

「ううっ、理沙子。エロい、もうこんなに濡れて」

ねちっこく尻を揉みながら、股の付け根を覗きこんだ。太腿の間から見えたのは、こんなところでさらしてはならない生々しさあふれる陰唇だ。

相変わらずの剛毛が、もっさりと縮れ毛を密生させていた。そんな中から姿を現しているのは、蜜の涎をあふれさせた開きかけのワレメである。

開いた殻からプリッと飛びだす活きのいい牡蠣《かき》のようだった。ピンクの粘膜があぶく混じりの汁を分泌させてひくついている。

そこからちょろりと覗いているのは、ローターの入ったコンドームの先っぽだ。

この距離まで近づいて耳を澄ませると、淫肉の中でうなりをあげるローターの振動音もかすかに耳に届く。

「い、いや。いやいや。誰か来ちゃう……タカちゃん、やめて。誰か来ちゃう!」

理沙子はもうパニックだ。必死に左右をたしかめて、こんな行為は堪えられないとでもいうかのように懸命に身をよじり、尻をふる。

だが隆には分かっていた。

たしかに本音かも知れないが、理沙子の身体は別人格だ。それを証拠にその秘割れは、今のこの瞬間もさかんにひくついて濃厚な蜜を分泌させる。

「フフ、だから……そのスリルがいいんだろ、理沙子⁉」

そう言うと、隆はポケットに片手を入れ、ふたたびリモコンを操作した。スイッチのレベルを2から3に変え、すさまじい刺激を容赦なく淫肉に注ぐ。

「んぐあああっ」

(おいおいおい)

そのせつな、理沙子の喉からはじけたのは、彼女のものとは思えないよがり声だった。これは誰かに気づかれてしまったかと、さすがに隆も浮き足だった。

(――ハッ!)

すると、書架の向こうから靴音がした。

誰かがこちらに近づいてくる。

隆はあわてて立ちあがり、理沙子のスカートをもとに戻した。

「あぁぁ……」

理沙子も誰かが来ると分かったのか、はじかれたように立ちバックの体勢をやめた。そして、書架から本を取りだし、すばやく開くとそれを読んでいるふりをする。

「……？」

隆は理沙子から距離をとり、これまた書架から本を抜いて、なにかを調べているふりをする。

ひょこりと姿を現したのは、大学生ぐらいの若者だった。

もちろんテントを張ったままの股間は、巧妙に若者の視線から隠した。

若者は理沙子と隆をいちべつし、無言のまま二人のそばを通過する。隆たちと少し離れた書架の前に立ち、なにやら真剣な表情で目当ての本を探しだす。

（やばっ……）

理沙子の様子をたしかめようと彼女を見た隆は、飛び上がりそうになった。

スーツ姿の美女は懸命に平静を装っている。

だが、よくよく見ればそのパンティは膝のあたりで丸まったままだ。

それでも理沙子はクールな物腰を装った。涼しい顔をして本に目を落とし、はらりと落ちる黒髪をかき上げて、文字を目で追うそぶりをする。

（ああ、理沙子！）

パンティを膝までずり下ろされたまま、背すじを伸ばして本のページを繰る理沙子に、隆は興奮した。亀頭がジンジンと甘酸っぱくうずき、今にも暴発しそうになる。しかも黒いハイヒールを履いた熟女の両脚は、絶え間なく小刻みにふるえている。

「ふう……」

若者はしばらくの間、書棚で本を探していた。だが探しものは空ぶりに終わったらしい。小さくため息をつくと、二人から離れて姿を消した。

——バサッ。

「はうう……」

理沙子に変化があった。読んでいた本を落とし、両手で自分をかき抱いて、もうだめだというように身悶える。

「理沙子……」

「だめ。もうこんなところにいられない。ああ、強い……アレ、強すぎいぃ……」

ローターのことを言っているのは明らかだった。理沙子は内股になり、苦悶に堪えるかのようなへっぴり腰になって、訴える目つきで隆を見る。

「タカちゃん、連れてって。ねえ、連れてって。ハアァアン……」

思わず漏れでたあえぎ声は、早くもガチンコの生々しさだ。半開きの朱唇からは甘い口臭と、濃密な唾液があふれだしてくる。

「もうだめ、我慢できない……」

「理沙子……」

「お願い。お願い。おかしくなっちゃうンン！」

理沙子は駄々っ子のように身体を揺さぶった。白い内腿から脹ら脛にタラタラと、白濁した蜜が何本も何本もスジになって流れていった。

2

「ああァン、タカちゃん……恥ずかしい……恥ずかしいの。ハアアァ……」

「だめだ。つづけるんだ。やめたら、一人だけ降ろすよ」

「い、いやッ。いやあァア。あっあああぁ……」

車でショッピングモールをあとにした。用意しておいたレンタカーは、ちょっぴり高級なセダン車である。

「あぁぁ。ああああぁ」

車内いっぱいに、理沙子の淫声がひびいた。

彼女は助手席に座っている。両脚を開き、隆に命じられるがまま、クリ豆オナニーをつづけていた。

シートベルトこそしていたが、下半身は完全に裸である。タイトスカートをまくりあげ、もっちり美脚を露出させてM字に開いている。

「ああ、また信号が……いやッ、いやあぁ……」

信号が赤に変わって車が止まるたび、理沙子は悲愴な声をあげた。

目の前には、横断歩道を渡ろうとするたくさんの人がいる。そうした状況になったとしても、オナニーをやめてはならないと隆は理沙子に命じていた。

「タカちゃん、見られちゃう……みんなに見られちゃうウゥ……」

この地方一番のターミナル駅へとつづく幹線道路だった。

横断歩道を見知らぬ人々が渡りはじめる。

けっこうな数の人間が、自転車に乗ったり買い物用のマイバッグを抱えたりしながら、道路をせわしなく行き交う。

止まっている車の中になど、誰も注意を払いはしなかった。

だが言うまでもなく、百パーセントの確率ではない。誰かがふいに顔を向け、ギョッと目を剝く可能性があった。

「ねえ、タカちゃんンンッ」

「だめだよ。つづけるんだ。ほら……マ×コの中も、もっと気持ちよくしてあげる」

車をアイドリングして停止させたまま、隆はローターのリモコンを操作した。

……カチリ。

――ウィィィィイン。

「ンヒイイィ」

……カチリ。カチリ。

――ウィィイン。ウィィィィイン。

「ヒイィィ。ああ、やめて。やめてえええ」

「気持ちいいんだろ、理沙子」

……カチカチカチカチ。

――ウィィィィイン。ウィィィィィィィイン。

「あああ。うあああ」

「ほら、オナニーしなさい」

「見られちゃう。みんなに見られちゃうンン」

「だから興奮するんだろ。さあ、つづけるんだ」

「あっあっあっ。うあああ。うああああああ」

リモコンのスイッチを何度も押し、振動レベルを1から2、2から3、そうかと思えばまた2へと、理沙子の反応を見ながらめまぐるしく変える。

ローターは、なおも理沙子の膣の中にあった。Gスポットを刺激しながら振動する淫靡な音が、理沙子の淫声とともに車内にひびく。

「ああ、タカちゃん。見てるよう。みんな見てるよう。ああああああ」

「見てない。誰も見てない。ああ、理沙子、その手つき、エロい」

「いやああ。恥ずかしい。見ないで。でも……でも……ああああああ」

両脚を開いたまま、理沙子は指を蠢《うごめ》かせ、さかんにクリトリスを擦りたてた。

肉莢は、すでにズルリと剝いている。

剝きだしになったピンクのとがり芽をリズミカルないやらしい指づかいで、何度も何度も擦っては円を描いて揉みつぶす。

「あああ、タカちゃん。小さいのがブルブルして……激しいの。激しいンン！」

「そらそら。もっともっと緩急をつけてやる！」

……カチッ！　カチッ、カチッ、カチッ！

——ウィィンインイン！　ウィィィンインインインインッ！

「ハッヒイイィィ。ああ、暴れてる。アソコの中で……ああああっ」

目の前を行き交う人の波がようやくとだえそうになった。

小走りに横断歩道を横切ってきた中年女性が、何気なくこちらに目を向け、ギョッとしたような顔つきになる。

「ああ、見てる。あの人、こっちを見てるウゥゥ！」

「ほら、行くよ」

目の前の信号が青に変わった。隆はハンドルをにぎり、アクセルを踏んで車を発進させる。

通りを渡りきった中年女性が、驚いたようになおもこちらを見ている姿がサイドミラーに映った。自分が目にしたものが信じられないというその顔つきに、隆はゾクゾクと昂ぶって、隣に座る美しい痴女を見る。

「ああ、見られちゃった……あの人に見られちゃったわ。ハアァァン」

理沙子はねっとりと瞳を潤ませ、シートの上で身悶えながら、さらに激しくクリトリスをいじくった。

くなくなと艶めかしく身をよじり、卑猥な動きで腰をくねらせる。

羞恥とショックが、官能の炎をより燃えあがらせていった。恥じらいながら、悲嘆にくれながら、痴女は狂おしく乱れる。

……ブチュッ。ブチュブチュ、ニヂュッ。

「おおお、理沙子……」

「あぁん、いや。し、汁出ちゃうンン。エッチな汁が。ハアアァン……」

クリ豆をいじくる理沙子の膣から、品のない音とともに愛液があふれだした。

ロータを食い締めた淫肉が、いやらしくひくついている。とろみを帯びた濃い蜜は、甘酸っぱさ満点のアロマつきだ。

「感じるか、理沙子」

「感じちゃう。タカちゃん、どうしよう、私、感じちゃうン。あああああ」

助手席で狂ったように身をよじり、理沙子はさらに激しく牝豆をかきむしった。ワレメからあふれるいけない汁がシートに流れ、さらには――。

「あおおお。おおおおう」

「お、り、理沙子。すごい……」

愛蜜ではなく、ほかの液体がすさまじい勢いで噴きだしはじめた。

ブシュッ、ブシュシュッと、失禁さながらの激しさで膣から飛びだし、見る見る助手席の高級シートを浅ましい汁でずぶ濡れにする。

おそらくこれは小便ではない。その証拠に、アンモニア臭がしない。隆は理沙子と復縁してから、清楚な美貌を持ったこの女のすさまじい潮噴きを、すでに何度も目撃していた。

「き、気持ちいいか、理沙子」

——ウイィイィン。ウィイン、ウイィイィン。ウイィイィイィン。

ふたたびローターの振動値を最強レベルに高め、隆は聞いた。

「ヒイイィ。ヒイイィ。ああ、オマ×コ、ビリビリしちゃうンン。あああああ」

すでに完全なトランス状態だ。

我を忘れて痴女と化すと、理沙子は平気で四文字言葉を口にした。

「理沙子、気持ちいいかと聞いているんだ」

「気持ちいい。タカちゃん、気持ちいいの。ああ、イッちゃう。私、イッちゃう」

牝豆をかきむしる指づかいが、下品さを増してエスカレートした。せつなげな様子で身をよじり、M字に開いたもっちり美脚を開閉させる。

そうしながら五本の指を左右に動かし、狂ったようにクリトリスを刺激する。

「ああ。イク。イクイクイク。あああああ」

「おお、理沙子。すごい……」

噴きだす潮はますます量と勢いを増した。

これぞ痴女。これぞ理沙子。

隆はスラックスの股間をふたたびもっこりとさせながら、信号がまた赤に変わったのに気づいて急ブレーキをかける。

「うっあああああっ」

……ビクン、ビクン。

急停車をした車の中に、アクメの雄叫《おたけ》びがとどろいた。絶頂に達した理沙子はシートの上で、肢体を跳ね躍らせる。

歩行者用の信号が青になった。横断歩道を、またも人々が渡りはじめる。

「あうっ。あうっ。あうっ」

しかし理沙子は、もはやそうした人々にとまどう余裕さえない。

アクメの電撃に酔いしれながらシートの上で痙攣し、むちむちした脚を投げだして快感に溺れる。

目の前を初老の女性が通りすぎようとした。ちらっとこちらを見て、その表情がたちまち変わる。

「大丈夫。なんでもないんです。あはは」

聞こえるか聞こえないかは分からなかった。

だが隆は老婆に手をふり、愛想笑いをする。そんな隆に目をやって、老婆はいぶかしげに目を細めた。車から離れ、横断歩道を渡りきる。

「フフ、まあ、無理もないよな、ばあちゃん」

ふたたび車を発進させながら、隆は苦笑した。アクセルを踏み、加速していく。

チラッと横目で理沙子を見た。

理沙子は完全に白目を剝き、口から舌を飛びださせて失神していた。

3

「はぁはぁ……あァン、タカちゃん……タカちゃん……！」

目を覚ました理沙子は、まだなお狂おしい発情の中にあった。

「おっ、理沙子……おお……？」

とろんと潤んだ双眸は、まるで酒に酔ってでもいるかのようだ。薄紅色に火照った小顔は、いまだ満足とはほど遠い、尋常ではない感情をにじませている。

「タカちゃん、もうダメ。こんなことされたら、私、今日もおかしくなっちゃう」

なじるように言うが、その声は、上ずってふるえていた。ターミナル駅のある街に向かいながら、隆はまだなお車を飛ばしている途中である。

「あぁぁン……」

理沙子はシートベルトを解除した。ふわりと黒髪を躍らせてこちらを見る。色っぽいまなざしが隆の横顔に降りそそぐ。

「り、理沙子。あっ……」

なにをするつもりだととまどったそのときだ。いきなり理沙子は身をかがめ、隆のスラックスに両手を伸ばす。

彼のそこもまた、欲求不満な状態のままだった。

やる気満々ではあるものの、さすがに車を運転しているので、それを慎めることは考えていなかった。

「理沙子。おい。俺、運転中……」

理沙子がペニスを取りだすつもりだと、隆は理解した。相変わらず、信号で車が止まればいつだって、すぐそこに誰かの目がある危険きわまりない状況だ。

「知らない。もうそんなこと、私、考えられない。アァァン……」

「うわあ……」

隆のベルトをとき、スラックスのファスナーを強引に下ろした。

理沙子は艶めかしく吐息をふるわせながら、普段のつつましやかな彼女とは真逆の大胆さで、隆のペニスを露にさせる。

「アァアン、タカちゃん……また、こんなにおっきくなってる。ハアァァ……」

雄々しく反りかえる極太に、理沙子はうっとりとため息をこぼした。窮屈な車中で体勢を変え、助手席から身を乗りだして隆の股間に手と首を伸ばす。

「うお、理沙子。おおお……」

白魚の指がどす黒い肉幹に巻きついた。

理沙子はそれをいとおしむかのようなまさぐりかたで、上へ、下へ、また上へ、下へと、すべらかな指をしつこく這わせる。

「お、おい……うわあ……」

それだけで、ゾクッとするような官能があった。理沙子は男根に顔を近づけ、ものほしそうに熱い吐息も吹きかけてくる。

「ハアアン、ち×ちん……タカちゃんのち×ちん……私を思って、こんなになってくれてるの？　ねえ、タカちゃん。こんな女でも、タカちゃん、興奮してくれる？」

「あ、当たり前だろ……」

「あぁ、タカちゃん。タカちゃん」

「うおおおっ」

まるで、ハーモニカでも吹こうとするかのようだった。前傾姿勢になった理沙子は、顔をひねって隆の肉棒に横から吸いつく。

隆はたまらず、ビクンと身体をふるわせた。

「お、おい……」

運転中である。アダルト向けの動画などでこうしたシチュエーションを見たことはあったが、まさか自分の人生で現実のものになるとは思わなかった。

「理沙子。そんなことしたら、あ、危ない――」

「あぁン、ち×ちん、ピクピクいってる……タカちゃんのち×ちんなの……あなた、ごめんなさい……私を許して。でも私……でも……でも――」

「おおお……」

あなた、というのは、おそらく井上のことだろう。

夫に懺悔《ざんげ》しながらも理沙子の白い指は、棹の裏側をいとおしそうにさすっていた。

そうしながら、あふれだす痴情に背中を押されるかのように、さらにねちっこく棹に吸いついて――。

「うおお、おおおお……」

上へ、下へ、上へ、下へと、卑猥なハーモニカの演奏をはじめる。

隆はハンドルをにぎったまま、間抜けな声をあげて甘酸っぱさいっぱいの快美感に身をゆだねた。

温かでやわらかな舌と唇が、ねちっこいタッチでペニスにまつわりいた。

過敏さを増していた生殖器をそんな風に舐められると、いやでもいやしいうずきが湧き、亀頭の感度はますます高まる。

「くぅぅ、理沙子……」

「アァン、いやらしい。はぁはぁ……気持ちいい、タカちゃん？　ち×ちん、こんなにピクピクいって……んっんっ……」

「あああ……」

理沙子のハーモニカ演奏は、ますます激しさとねちっこさを増した。

いや、ハーモニカを吹くというよりも、トウモロコシの粒々を一気に食べつくそうとするような動きにも感じられる。

「おお、理沙子……」

絶え間なく、ペニスがジンジンと拍動した。隆はたまらず天を仰ぎ、いかんいかんとハンドルをにぎり直す。

「はぁはぁ……ハァン、タカちゃん。気持ちいいんでしょ？　ンフフ……ほら、今度はタカちゃんがよくなって……」

官能のうめきをこぼす隆に、理沙子はますます好色さを剝きだしにした。上目づかいに隆を見ると、またしても顔の角度を変え――。

「うわああっ」

小さな口を目いっぱい開き、頭から亀頭をパクリと咥える。

ヌルヌルして温かな粘膜に、キュッとペニスを包まれた。鈴口と粘膜が窮屈に擦れ、射精しそうな快感が、亀頭から全身に駆け抜ける。

「り、理沙子……」

「ンフフ。ち×ちんがピクピクいってる。こうするともっといいのよね。んっ……」

「わわっ。わっ」

……ぢゅぽぢゅぽ。ピチャ。ぢゅぽ。

怒張を頰張った美熟女は、いやらしい啄木鳥《きつつき》になった。

切迫した鼻息を、隆の股間に降りそそぐ。そうしながら清楚な小顔を上下にしゃくり、猛る勃起を舐めしごく。

「ンフゥ、ンフゥ……んっんっ……アァン、タカちゃん……んっ……」

「ああ、理沙子……お、おい、こんなところで……おお……」

「タカちゃんに言われたくない……どう？　ねえ、どう？　んっんっ……」

長い黒髪を波うつようにふり乱し、理沙子はペニスをしゃぶった。

それだけでももう、相当な気持ちよさ。へたをしたら一気に達してしまいそうだ。

隆は必死に肛門をすぼめ、こみあげそうな爆発衝動を抑えつける。

「ハァアン、タカちゃんのタマタマ……イヤン、タマタマも、熱いィン……」

「おおお……」

しかも理沙子が責め立ててくるのは肉棒だけではなかった。

白魚の指でふぐりをにぎり、緩急をつけたまさぐりかたで、ニギニギ、ニギニギと揉みこねる。

（こ、こいつはたまらん！）

男根がひくつき、全身が甘酸っぱくうずいた。

陰嚢を揉みこまれるたび、ペニスの皮が突っぱって引っぱられ、よけいに亀頭の感度が増すのも快い。

「ムフゥ、タカちゃん……ああ、おち×ぽ、気持ちよさそうにひくついてる。んっんっ……むはあぁ……」

「おお、理沙子……」

ペニスの呼称がち×ちんからおち×ぽに変わった。興奮し、痴女度が増すと理沙子はいつも、口にする言葉もいやらしさをエスカレートさせる。

しかも――。

（おお、このえげつない顔！）

車を運転しながら、隆は股間にむしゃぶりつく理沙子を見た。上へ下へと顔をふるたび、わずかにその表情が彼の視界に飛びこんでくる。

まさに、極太に吸いついているという言いかたがふさわしい顔つきだ。ぽってりとした唇がまん丸にすぼまり、締めつけるように肉茎を包んでいる。

顔の皮の全部がペニスに引っぱられているかのようだった。

清楚な美貌がぶざまにゆがみ、左右の頬がえぐれるようにくぼんでいる。鼻の下が伸び、鼻の穴まで伸びきっている眺めにも劣情を刺激された。

「ンッふぅ、ンンふぅ、んっんっ……」

……ぢゅぽぢゅぽ。ピチャッ。ぢゅぽ、ぢゅちゅ。

（ああ、エロい。理沙子。理沙子）

外見は、奥ゆかしさを感じさせる上品きわまりない熟女のはず。そんな女が内なる淫乱さを露にし、むさぼるように男根をしゃぶっている。

肉棒におぼえる心地よさは、いやでも快感を倍増させた。一気に爆発衝動が増し、運転中にもかかわらず、射精へのカウントダウンをはじめてしまいそうになる。

「ハウゥン、タカちゃん……あぁン、おち×ぽ、すごくピクピクいいだした……出ちゃう？　ねえ、もう出ちゃう？　んっんっ……」

「くぅ、理沙子……ああ、ま、待ってくれ」

「きゃっ」

急遽予定を変更し、交差点を曲がって大通りをはずれた。

タイヤがきしむ。車体が横にかたむきかけ、隆も理沙子も右へ左へと揺さぶられた。

「あぁン、タカちゃん……？」

「しごいていてくれ。理沙子、もっともっと」

「ああ……」

驚いて肉棹から口を放した理沙子に、声を上ずらせて隆は懇願した。

暴発の危険はあったが、彼はもうこの乱らな快楽をこばめない。

「あはぁ……」

理沙子は隆にあおられるがまま、ひくつく勃起をにぎり直す。しこしこと、いやらしい手つきでしごきつづける。

「うおお……」

たしかこの先に、大きなわりには人気《ひとけ》の少ない公園があったはずだと、しびれた頭で隆は思った。

そのどこかに車を停め、欲望を満たさないことにはどうにもならなくなっている。

「ハアァ、タカちゃん……はぁはぁ……」

アクセルを踏みこみ、隆は加速した。

そんな隆の考えが手にとるように分かるのか。理沙子はふたたびペニスに首を伸ばし、またしても頭から、うずく牡茎を丸呑みした。

4

「おお、理沙子」

「アアァアン、タカちゃん……」

それから数分後。

隆は件《くだん》の公園の、がらんとした駐車場に車を停めた。平日の午前中という時間帯のせいもあり、十五台ぐらいは停められる広々とした駐車場にほかの車はなかった。

むしりとるような荒々しさで、スラックスとボクサーパンツを脱ぎ捨てた。

運転席から飛びだすや、助手席のシートを完全に倒す。シートと一緒に仰向けになる理沙子の身体に覆いかぶさっていく。

「ハァア、タカちゃん」

「理沙子。ち×ぽほしいか」

「あああああ」

合体寸前の体勢をととのえ、手にとった極太で、ヌチョヌチョとワレメをほじった。

理沙子のそこは、もはや準備万端もいいところ。亀頭に粘膜をあやされて、蜂蜜の壺を攪拌《かくはん》するような粘りに満ちた音を立てる。

「タ、タカちゃん。気持ちいい。ねえ、挿《い》れて。早く挿れてエェッ」

性器を擦りつけられるなり、理沙子はいやしい獣になった。

窮屈で狭い車内であったが、それでもめいっぱい股を広げる。

亀頭を動かす隆の動きに呼応して、自らもクネクネと腰をふり、ぬめる淫肉をペニスの先っぽに擦りつけようとする。

「ち×ぽほしいか、理沙子」

すぐにでも挿入したいのはやまやまだった。しかし隆はやせ我慢をし、理沙子からハレンチな卑語をもぎとろうとする。

「はぁん、タカちゃん」

「言うんだ、ち×ぽほしいか」

聞きながら、さらに激しく亀頭を膣に擦りつけた。

「あああああ。うあああああ。気持ちいいよおおおう」

「言うんだ、理沙子。ち×ぽほしいか」

「ああああああ」

「理沙子！」

隆は語気を強めた。すると――。

「ああ、ほしい。ほしいのおおおっ」

とうとう理沙子はいやしい欲望を言葉にする。

「なにがだ。なにがだ、理沙子」

「うああ。ち×ぽ。ち×ぽほしいの。タカちゃん、早くち×ぽ挿れてぇええっ」

「よおし、これだな！」

――ヌプッ。

「あああああ」

窮屈な膣は、今日も蜜まみれだった。隆は煮こんだトマトの中に、獣棒を突き入れたような気持ちになる。

「おお、理沙子……」

――ヌプッ。ヌプヌプヌプッ……。

「アッハアァァ。き、来てくれた……いやン、ち×ぽ、やっぱり硬いぃぃンン」

「くぅぅ……」

理沙子は背すじをたわめ、腹の底をえぐりこむ灼熱の肉塊に狂乱した。

頭を抱えるようにしてはすぐに手を離し、また頭を抱えては離すというとり乱した動きをくり返す。

そのせいで、楚々とした黒髪が乱れてクシャクシャになった。

今日もまた、じっとりと汗をかいている。額に髪が貼りついて、早くも濡れ場ならではの生々しさを色濃くする。

「はぁはぁ……このままでいいのかな、理沙子」

根元まで、あまさずずっぽりと陰茎を突きさした。しかし、肉棒を動かすことはせず、理沙子をじらした。

いやらしい温みに満ちた粘膜のほこらは、波うつような蠕動で怒張を甘く絞りこむ。

（おっと……）

隆はあわてて肛門をすぼめ、吐精の誘惑にあらがった。

「い、いやああ。このままなんていや。いやいやいやああ」

隆の言葉を耳にした理沙子は、もうパニックだ。目を見開き、美貌を引きつらせ、もはや我慢は無理とばかりにカクカクと腰をしゃくってくる。

「ああ、気持ちいい。でも、もっと。もっともっとなの。タカちゃん、動いてええっ」

必死に腰を動かして性器同士を擦りあわせようとする。だがやはり、隆が動かないことには満足な快楽は得られない。

「お願い。お願いいいぃ」

理沙子は泣きそうな声で懇願し、なおもカクカクと腰をしゃくる。そんな理沙子に、隆もとっくに限界を超えていた。

「こうだな、理沙子。これが好きなんだな」

隆は興奮した声で問いかけ、怒濤の勢いで腰をふりはじめた。膣の最奥までペニスを突き入れてはすばやく抜く。

「ヒイイィン。き、気持ちいい。もっと。タカちゃん、もっとおおお。ああああ」

理沙子は我を忘れた声を上げた。

誰かが来て車内をのぞいたなら一発アウトの、陽光の降りそそぐ駐車場。二人の激しい動きのせいで、セダン車はギシギシと上へ下へと揺れている。

「ち×ぽ、気持ちいいか、理沙子。どうなんだ、んん？」

残念ながら長くは持ちそうもないと思いながらの責めだった。それほどまでに、おぼえる興奮は激烈で、勃起を絞りこんでくる蜜肉の蠢動ぶりは凶悪だ。

「ああ、気持ちいい。いやン、奥まで刺さるの。タカちゃんのち×ぽが奥に。奥に。ああン、気持ちいいよおおおう」

「おお、理沙子。理沙子」

乱れる痴女の狂乱ぶりは、早くも最高潮だ。

覆いかぶさる隆など、苦もなくはじき飛ばしてしまいそうな力で、獣のように吠えながら派手に身体を暴れさせる。

理沙子のブラウスのボタンをはずし、服のあわせ目を開いた。

ブラジャーのカップを鎖骨《さこつ》のほうに引きあげ、飛びだしてきた豊乳を両手でつかんで、もにゅもにゅと揉む。

「うあああ。気持ちいい。タカちゃん、気持ちいい。ねえ、今日まだ何度もしてくれる？　まだまだ何度もマ×コにち×ぽ挿れて、こんな風にしてくれる？」

どうやら理沙子もイキたくなってきたようだ。隆はどん欲さを露骨にする理沙子のおねだりに、苦笑しつつも気分がいい。

「ああ、してやるとも。だから遠慮なくイキなさい。イッたらまたすぐに犯してあげる。そら。そらそらそら」

──パンパンパン！　パンパンパンパン！

「あおおおう。おおおおう。ああ、ち×ぽ気持ちいい。ち×ぽ気持ちいい。イッちゃうの。タカちゃんのおっきいち×ぽでイッちゃうンン。ああああ」

「おお、理沙子。はぁはぁはぁ」

挿れても出しても膣ヒダとカリ首が窮屈に引っかかった。

最奥部まで亀頭でえぐれば、ヌメヌメした餅のような子宮口が亀頭を包んで思わぬ強さで締めつける。

（ああ、もう出る！）

「ヒイィ。気持ちいい。もうイク。イクイクイク。あっあああっ」

「理沙子、出る……」

「おおおお。おっおおおおっ！」

――びゅる、どぴ、どぴぴっ！　どぴゅっ、どぴゅっ！　びゅるるる！

（ああ……）

隆は呆気なく上りつめた。

快楽の荒波に呑みこまれ、こっぱ微塵に粉砕される。

我が世の春を謳歌《おうか》するかのように、陰茎が脈動を開始した。ドクン、ドクンと粘つく精液を、三度、四度と射出する。

「あう。あう。あうう」

理沙子もまた、狂おしいアクメに翻弄《ほんろう》されていた。若鮎《あゆ》さながらに肢体を躍らせ、絶頂の恍惚感に耽溺する。

二人とも激しい愉悦《ゆえつ》に身も心も支配された。

「はぁはぁ。はぁはぁはぁ」

ようやく車はきしむのをやめた。

隆と理沙子はどちらも荒い息をつき、つかの間の休息に身をゆだねた。

理沙子の膣は「まだよ。まだよ。これからよ」とでも訴えているかのように、隆のペニスを食いしめたまま、ウネウネ、ウネウネと波うった。

第四章　盗撮された痴態

1

——隆さん、ちゃんと休みとりながら仕事してる？　お仕事、がんばってね。

スマホのチャットアプリに、瑠奈はメッセージを入力した。

送信ボタンを押し、夫の隆に送信する。

「………」

分かっていたことではあったが、すぐに返事はこなかった。

寝室のドレッサーに向かってルージュをつけながら、瑠奈は鏡の中の自分を見る。

すると、ようやくメッセージ着信の通知音が鳴った。瑠奈はドレッサーに口紅を置き、受診したメッセージをたしかめる。

――大丈夫。しっかりサボりながら働いてるよ～（笑）　十月もなかばだっていうのに、今日も暑い！　瑠奈もがんばってる～？

思ったとおり、隆からの返信だった。

メッセージを読んだ瑠奈は、ふっと口もとをゆるめる。

「……ばれてないと思って」

つぶやく言葉は、思わずシニカルなトーンになった。大きくため息をつき、返事をうつ。

――がんばってるよ♪　今日は残業になりそうだから、悪いけどやっぱり外でご飯すませてきてね。

メッセージを送ってしばらくすると、ほどなく「了解！」と短い返事が来た。

瑠奈は苦笑し、鏡に向かってもう一度髪をととのえる。

隆が以前の恋人とよりを戻してから、もうふた月になるだろうか。

そのことを、自分の前ではしっかりと隠しおおせていると思いこんでいる夫が滑稽だった。

「今日も……あの人とエッチですか、あなた……」

誰に言うともなく、瑠奈は言った。鏡の中からこちらを見つめる女は、完全に無表情である。

この二か月、瑠奈もまた、平静を装いつづけるのには苦労がいった。

特に最初のころは。

思いもよらない胸苦しさに、叫びだしそうになったことだってある。

なぜなら、やはり瑠奈も一人の人間だから。女だから。

それでも彼女はじっと堪え、毎朝笑顔で夫と別れた。夜がきて、求められれば拒むことなく、妻の勤めもしっかりと果たした。

朝から晩まで、我ながらなかなかの演技力だなと、ちょっぴり感心しながら……。

「あ……」

すると、一階の玄関でチャイムが鳴った。

時計を見る。そろそろ十一時になろうとしていた。

鏡の中の自分をもう一度たしかめ、ひとつ大きく息をする。きびすを返すと足早に寝室を出、二階の廊下から階段を降りた。

もう一度、玄関でチャイムが鳴る。

「はーい」

「おはようございます。宅配便です」

「はいはい」

小走りに玄関から三和土《たたき》に降りた。

内鍵を開け、ドアノブをまわし、そっと外へとドアを押し開く。

「ちわ〜。お届けにあがりました」

玄関先に、満面の笑みとともに一人の男が立っていた。

「……なにを」

瑠奈は苦笑し、小首をかしげて男に聞く。

「なにって決まってんでしょ。これですよ、これこれ」

男は口角をつりあげて笑い、肩から提げていたバッグを示す。瑠奈はそちらに目をやり、もう一度、男を見た。

その男——井上典人もまた、ニンマリと笑って瑠奈におどける。

瑠奈は井上を招きいれた。井上は嬉々とした様子で三和土に身をすべらせ、いそいそと靴を脱いであがっていく。

まさに、勝手知ったるなんとやらという感じで。

「……フッ」

瑠奈はそんな井上に、またも笑みをこぼした。

彼が脱いだ革靴をきれいにそろえる。

自分もサンダルを脱ぎ、廊下を急いだ。井上が入っていったリビングルームへと後を追うように移動する。

キッチンからつづくリビングは、十二畳ほどの広さだった。フローリングの床の一部に毛足の長いカーペットが敷かれ、ソファとローテーブルのセットが置かれている。

部屋の隅には五十インチの薄型テレビがあり、ソファの方を向いていた。

「なにか飲む？」

バッグに入れて持ってきたものを、さっそくテーブルに出しはじめた井上に瑠奈は聞いた。

「ん、なんにもいらない。それよりさ、早く見ようよ。すぐ用意できるから」

井上はせわしない動作で作業をつづける。

テーブルの上に置いたのは、ノートＰＣだった。

ＯＳを起動し、無線ＬＡＮを利用してネットにつなげる。手慣れた作業であるらしく、あきれるほどのすばやさで井上は準備をととのえていく。

「ほら、瑠奈。座ってって」

二人がけソファの上で身体をずらし、瑠奈の座るスペースを作った。瑠奈は、ニヤニヤと相好をくずしっぱなしの井上を見て、思わず苦笑する。

「なんか、すっごく楽しそうね、典人さん」

「て言うか……メチャメチャ興奮してるって感じ？　瑠奈だって同じだろ」

井上は瑠奈を見あげて聞いた。瑠奈はそんな井上に——。

「まあ……たしかに」

首をすくめて白状した。

「さあ、座れって。さてと……どこにいやがる」

井上はうながすようにソファのシートを示しつつ、マウスでＰＣを操作した。

画面には、動画再生ソフトが起動されている。無人の部屋が映しだされていた。

井上はマウスをカチカチとやり、いくつもの画面を開いた。さまざまな部屋が、そのたびすぐに映しだされる。

「おっ、いた。いたぞ、瑠奈」

「あっ……」

やがて、小さなＰＣの画面いっぱいに、峻烈な映像が映しだされた。映像は意外に鮮明で、生々しい臨場感をたたえている。

「ああ……」

瑠奈は目を見開いた。井上はマウスを使い、ＰＣのボリュームを大きくする。

『ハアァン、タカちゃん……』

『おお、理沙子。うおっ。おおお……』

「ほら、こいよ、瑠奈。うわ、すっげ。エロいね、おい」

井上は片手でネクタイをゆるめた。身を乗りだし、画面に視線をくぎづけにする。

「ううっ……」

瑠奈もまた、平常心ではいられなかった。ＰＣの映像に魅入られたようになりながら、井上の隣に腰を落とす。足もとがふらついていることに、ようやく気づいた。

「すごい。いやらしい……」

「フフ。だな……」

ＰＣの画面を食い入るように見つめ、瑠奈はうめくように言う。そんな瑠奈をチラッと見て、井上も何度もうなずいた。

「エロいぞ、こりゃ。マジで……」

平静をよそおうとしているようだが、井上の声はふるえていた。

興奮のせいなのか、それともこの期に及んで、やはりショックを受けているのかは瑠奈にも分からない。

しかし二人は一緒になって画面に身を乗りだした。

PCに映しだされる映像を見る。

画面で動いているのは、それぞれの伴侶である。

つい先ほどまで、井上と瑠奈に笑顔を見せていたそれぞれのパートナーは、素っ裸になってバスルームにこもり――。

『アァン、タカちゃん……おち×ぽ、今日もすごい。んっんっ……』

――ぢゅぽぢゅぽぢゅぽ。ピチャ。ぢゅちゅる。ぢゅぷっ！

『くぅぅ、理沙子……ああ、気持ちいい！』

瑠奈の夫は井上の妻に、フェラチオの奉仕を受けていた。

ごく平凡なバスルーム。壁にかけられたシャワーヘッドからお湯が噴きだし、白い湯気をあげている。

隆と理沙子は洗い場にいた。

隆は浅黒い肌をさらして仁王立ちをし、気持ちよさそうに天を仰いでいる。

彼の前に膝立ちになっているのは、井上がめとった女性だ。

全裸の熟女は、瑠奈のものであるはずの隆のペニスを口いっぱいに頬張って、前へ後ろへと顔をふる。

洗い場の床には、バスマットが敷かれていた。

『おおお……ああ、たまらない』

隆は目を閉じ、苦悶の表情を浮かべていた。

その顔つきに、見おぼえがある。懐かしい表情だともいえた。

かつて瑠奈と隆が肉体関係になったばかりのころ、隆はよくこんな表情になって、幸せそうに苦悶した。

そういえばもう何年も、夫のこんな表情を目にしていなかったことに瑠奈は気づく。

(隆さん……)

どす黒い感情が、胸いっぱいに広がった。下品な顔つきになって顔をふる女への嫉妬心が、心の内にムクムクと肥大していく。

『ハウゥ、タカちゃん……タカちゃんのおち×ぽ……んっんっ……私ったら……』

『理沙子……』

『タカちゃんのおち×ぽしゃぶってるだけで感じちゃう……どうしよう、タカちゃん……あの人の妻なのに……タカちゃんのおち×ぽでとろちけゃう。んっんっ……』

映像の中の妻の言葉に、井上が反応した。

「く……くぅぅ、焼けるね、まったく」

「典人さん……」

瑠奈は隣に座る井上の心中をおもんぱかった。

彼の愛する妻がしゃぶっているのは、かつての恋人の陰茎である。

焼けぼっくいに火が点いて自分を裏切り、ほかの男と乳繰りあっている妻を見るだけでも相当つらいはず。それなのになにも知らない井上の妻は、せつなげに口にした残酷な告白で、さらに夫を地獄に突き落とす。

(あっ……)

だが、瑠奈は気づいた。

井上の男根は、すでに狂おしく勃起している。股間の布が裂けそうなほどテントを張り、今にもスラックスを突きやぶらんばかりになっていた。

どうやら地獄は地獄でも、井上がいるのは甘美な地獄のようである。

そう。まさに瑠奈と同じように。

2

瑠奈と井上が秘密の関係になってから、すでに半年ほどになる。

きっかけは、ほんの偶然だった。

駅前の繁華街でばったりと再会し、瑠奈が理沙子を話題にしたことから、少しお茶でもという話になった。

瑠奈もまた、隆と理沙子がかつては恋人同士だったことを知っていた。理沙子のことは、隆と交際をはじめてほどなく、彼の口から聞かされた。

もう理沙子にはなんの感情もない――そう断言する隆を信じ、瑠奈は彼との結婚を決めた。

だが隆と一緒に日々を過ごすようになり、彼の言葉が心からのものではないことに気づいてしまったのであった。

そして、それは井上もまったく同じだった。

理沙子が今でも隆を恋い慕いつづけていることに気づき、井上もまた、瑠奈と同じような葛藤の日々を送っていた。

そんな二人は互いの傷を舐めあうかのようにして、一気に関係を深めた。

もしかしたらどちらの中にも、パートナーへの復讐めいた気持ちもあったかもしれないと瑠奈は思う。

二人は激しく燃えあがった。

満たされなかった気持ちを、同じ立場に甘んじる仲間同士でぶつけあった。

井上との身体の相性は、思ったよりよかった。何度も密会を重ねれば重ねるほど、瑠奈と井上は互いになくてはならない間柄へと絆《きずな》を深めた。

いつしか瑠奈たち二人にとって、隆と理沙子は自分たちのセックスをいっそうエロチックなものにする、ほかに二つとないスパイスになった。

――ねえ、こうなったらさ。あの二人を焚《た》きつけて復縁させてしまうのはどう？

そう提案したのは瑠奈だった。

井上はそんな瑠奈のアイデアに仰天し、最初は躊躇したものの、結局彼女の計画に乗った。

隆と理沙子に自分たちを完全に裏切らせることで、こちらもいっそう強烈な寝取られの快楽を享受し、より刺激的なセックスへと昇華させる――そうした瑠奈のアイデアを実現させるために井上は動き、その結果、この状況が生まれることになったのだ。

矛盾するようではあるが、隆が苦もなく理沙子との恋を復活させてしまったことは、少なからず瑠奈にはショックではあった。

それは、妻に裏切られた井上もまったく同様である。

だが、瑠奈と井上はすでに知ってしまっていた。

愛する伴侶を寝取られたからこそ得ることのできる、とてつもない快楽というものがこの世にはあるということを。

夫が家に帰ってくると、今日はどこかで理沙子を抱いてきたらしいということが、なぜだか瑠奈には分かった。

井上も同じだった。

自分に隠れてコソコソと、愛する相手とあんなことやこんなことをしてきたのだと想像すると、二人とも燃えあがるような劣情をおぼえた。

だから必ずその次の日には、瑠奈と井上は獣になった。

ホテルに入り、裸になって、伴侶への鬱屈した感情を爆発させるかのように、死ぬほど互いの性器を擦りあい、何度も何度もアクメに達した。

瑠奈と井上も、もう戻れなくなっていた。

戻れる場所など、とっくに失ってしまっている。

こうなったら行くところまで行くしかないと、瑠奈も井上も思っていた。

そうやって同じ船に乗った二人が計画したのが、隆と理沙子のセックスを覗き見しながら、自分たちも羽目をはずそうという倒錯した行為であった。

今日のこの日を迎えるために、井上は時間をかけ、自分の家のさまざまな場所に盗撮用のカメラをしこんだ。

一泊二日の出張に出かけることを三週間も前から理沙子に告げ、ひそかにお膳立てした。

今度はおまえの家で、旦那がいない間にたっぷりと楽しみたいと理沙子に語った隆のチャットメッセージを、こっそりと盗み見ることに成功したからだ。

罠をしかければ、必ず乗ってくるという核心があった。

こうして二人は——いや、四人はこの日を迎えた。

隆が十時半ごろには理沙子のもとを訪れる約束をしていることも、ふたりのやりとりを盗み見て知っていた。

今日はすごい一日になるはずだと、瑠奈も井上も確信していた。

3

「あん、タカちゃん……んっんっ、ムフゥン……」

……ぢゅぽぢゅぽ。ぢゅちゅ。ぶぴ！

「おお、理沙子。最高だ……」

仁王立ちにこそなってはいたが、気を抜けば腰砕けになってしまいそうだった。

隆は両脚を踏んばり、ペニスから湧きあがる気持ちよさに恍惚とする。

ヌルヌルした口腔粘膜で牡棹をしごかれるだけでも、力の抜けそうな快《ここちよ》さだった。それなのに、隆の愛する卑猥な痴女はくねる舌まで動員し、カリ首のまわりを、裏スジを、そしてときには金玉まで、何度もしゃぶってコロコロところがす。

井上家を訪れると、すぐに浴室に入った。そそくさとシャワーで身を清め、理沙子の口奉仕で歓待を受けている。

シャワーの湯を出しっぱなしにしているため、バスルームの中には白い湯けむりが立ちこめていた。

二人はすでにびしょ濡れだ。だがどこまでが湯によるもので、どこからが汗なのか、早くも判然としなくなっている。

(今日は一日中、理沙子とエッチができる)

巧みなフェラチオに身を任せながら、隆は身悶えしたくなるような喜びをおぼえていた。

井上が泊まりがけの出張で出かけるらしいので、よかったら家に来られないかしらと理沙子から誘われたときには、天にも昇る心境だった。

どうせなら、一日中かけてたっぷりと楽しんでしまおうと提案したのは隆のほうである。

会社は有給休暇をとった。妻の瑠奈には嘘をつき、会社に行くと言って数時間前に家を出た。

幸いなことに瑠奈は仕事が忙しく、今夜は遅くなるという。

なんという偶然。なんという幸福。

時間はたっぷりとあった。まさにパラダイスのような一日である。

今日はどれほどの痴女ぶりを理沙子が見せてくれるのかと思うと、それだけで怒張が甘酸っぱくうずいた。なにしろ今日は初めてのアナルセックスまで予定している。

井上が、すでに理沙子の肛門まで征服していると知り、隆は自分でも驚くほどの嫉妬にかられた。隆にとって理沙子のアヌスは未開の場所である。秘肛までをも犯さないことには、井上から理沙子を奪いかえしたとは言えないと思っていた。

「ムフゥン、タカちゃん……はぁアン、おち×ぽ、すごくピクピクいって……」

「おお、理沙子……」

……ちゅぽん。

「あはあぁ……」

隆は腰を引き、理沙子の口からペニスを抜く。まん丸に開いた熟女の口からは、肉棒の後を追うようにドロッと唾液があふれだした。

「ほら、立って」

「あハァ、タカちゃん。あああ……きゃん……」

腋《わき》の下に手を入れて立たせるや、三十四歳の熟れきった裸身を回転させた。壁に手をつかせ、くびれた腰をつかんで後ろに引っぱる。

理沙子は足もとをもつれさせながらも、されるがままになった。立ちバックの体勢になってヒップを突きだし、上体を前傾姿勢にする。

小玉スイカ顔負けのおっぱいがいやらしく伸び、たっぷたっぷと重たげに揺れた。

ピンクの乳首は、すでにまん丸にしこり勃《た》っている。乳肌を流れた無数のしずくが、乳首から洗い場の床に雨滴のようにしたたっていく。

「理沙子、うれしいよ。今日は理沙子のココを……」

「キャッ。ああン、だめ。恥ずかしい。ハアァアン……」

理沙子の背後に膝立ちになると、大きな尻肉を両手につかんだ。汗と湯に濡れた肉の水蜜桃は、朝露でもまとっているかのようなみずみずしさである。

「あぁぁん。はあぁぁ……」

二つの臀丘を、くぱっ、くぱっと、何度も開いてはもとに戻した。そのたび尻渓谷の底から、いやらしい眺めが現れては消える。

「はあァ、いやン。いやン、いやン。タカちゃん、だめぇぇ。ああぁァン……」

「おお、見えた。ああ、また見えた。理沙子のエロい尻の穴……」

「あァン、だめ。恥ずかしい。恥ずかしいの。きゃあああ」

くぱっと尻桃を左右に割った。隆はむしゃぶりつくように、露出した肛門に口と顔面を吸いつかせる。

「ヒイィ。ヒイイィ」

舌を飛びださせ、肛肉のすぼまりをねろねろと舐めた。

そのたび理沙子はひきつった声をあげ「いやン。だめ。いやン、いやン。ああああぁ」と、とり乱しながら大きな尻をふる。

理沙子のヒップを拘束し、しつこく肛門を舐めながら、隆はうっとりとそこを見た。

世の中には、こんなはかなげな色合いをした菊蕾を持つ女も本当にいるのだと、改めてため息をこぼしそうになる。

理沙子がこうしたアヌスの持ち主であることは、もちろん前から知っていた。だが、この穴にペニスを突き刺せるかと思うと、おぼえる感慨はまたひとしおである。

理沙子は尻の穴もまた、色っぽさあふれる薄桃色だった。色の濃さで比べるならば、一番濃いピンクが乳首、次が乳輪。それより少し淡いのが、皺々の秘肛をいろどる部分である。

たくさんのスジが、淫靡なすぼまりから放射状に伸びていた。

隆が舌を擦りつけ、れろん、れろんと舐めるたび、恥ずかしそうに、気持ちよさそうに、薄桃色の肛門が開口と収縮をくり返す。

「あっあっ。はぁぁン、タカちゃん。ああ、そんなとこ……あっはアァ……」

理沙子は艶《なま》めかしく尻をふり、アヌスを舐められる悦《よろこ》びに恍惚とした。熟れた果実を彷彿とさせる柑橘系の香りが濃くなってくる。

言うまでもない。愛蜜のアロマだ。

首をかたむけ、チラッと覗けば、剛毛ジャングルの下のいやらしいワレメは、早くもブチュブチュと情欲の牝果汁を搾りだしはじめている。

「うれしいなあ。うれしいなあ。今日は理沙子のココにち×ぽ挿《い》れられるだなんて」

人には決して聞かせられない、ばか丸だしもいいところの言葉だった。

しかし隆にとっては、心からの本音である。

鼻の下を伸ばし、ニヤニヤと口もとをほころばせてひくつくピンクの糞門を見る。

舐めるだけでは飽きたらず、ボディソープを少しだけ手にとった。すばやく指になじませると、ソープをまとった指先で、そっとかくように肛門をあやす。

……ほじほじ。

「ハッアァン。あっあっ、い、いやン、タカちゃん……ああ、そんな……」

……ほじほじほじ。

「あはあぁぁ」

……ほじほじほじほじ。ほじほじほじほじほじほじ。

「ンヒイィィ。だ、だめ。ああ、その手つきいやらしい……あああぁぁ……」

ソープの潤滑油を味方につけ、ねちっこい指づかいで肛門をほじった。

口ではいやがっているが、辱《はずかし》めを受けるほどに理沙子は燃えあがる。本当に恥ずかしいのではあろうものの、痴女という自分の血から逃れられない。

肛門をほじればほじるほど、せつなくくねる裸身の動きは艶めかしさを増した。だめよだめよと言いながら、もっとほじって、もっともっととねだってでもいるかのように、自らアヌスを隆に押しつけ、催促するようなまねまでする。

「くぅ、理沙子……挿れてもいいか？　今日一発目のち×ぽが、ココでもいいか？」

隆はさらに強めに肛肉をほじり、理沙子をあおった。

すると理沙子は、いちだんとせつなげに尻をふり——。

「い、いじわる。タカちゃんのいじわる。あっあっ。ハァアン。そんなこと聞かないで……あっあっ。あああ。だめ、感じちゃう。タカちゃん、感じちゃうンン」

「おお、理沙子……」

明らかに肯定の返事をした。

(とうとう俺。理沙子とアナルセックスまで)

「ハウゥン、タカちゃん……あああ……」

叫びだしてしまいそうな喜びをおぼえながら、隆は理沙子をエスコートする。

バスマットの上に四つん這いにさせた。

上体を完全に突っ伏し、尻だけを突きあげさせる。移動途中の尺取り虫さながらの官能的なポーズにさせる。

「理沙子、いいんだな。ここに挿れてもいいんだな」

言いながら、理沙子の背後で体勢をととのえた。

両脚を開き、腰を落とす。反りかえる肉棒を手にとると、ソープの泡でヌルヌルになった秘肛に、うずく亀頭を擦りつける。

……ヌチョ。グチョ。

「うあああ。アッアァン、タカちゃん……アァン、恥ずかしい……ひっはぁぁ……」

理沙子はみじめに突っ伏し、横顔を見せて艶めかしくよがった。プリプリとふりたくられる大きなヒップは、やはり誘うようでもある。

恥じらいながらも確実に、アヌスは隆を待っていた。

早く早くとせがんでみせるかのように、何度も開口と収縮をくり返し、たくさんの皺を見せつけるように蠢かせる。

「おお、理沙子。も、もう我慢できない。挿れるよ。挿れるからな！」

熟女のあだっぽい反応に、隆は早くも限界だ。

もう一度、足を踏んばり、腰を落とす。ひくつく肛肉に亀頭の先端をあてがうと、万感の思いで奥歯を嚙みしめ、ゆっくりと腰を押しだした。

4

『ハッアアアァン』

小さなＰＣの筐体《きようたい》がふるえるかのような大音量だった。歓喜に満ちた痴女の声が、山内家の居間にまで反響する。

「ああ、挿れた……理沙子のケツの穴に、あいつ、とうとうち×ぽを……」

井上は、燃えあがるような興奮状態にあった。だがそれは、瑠奈もまったく同じのようだ。

「アァン、典人さん……典人さん！」

私だって我慢できないとでもいうように、井上の胸に飛びこんでくる。潤んだ瞳でこちらを見あげ、自ら口を求めてきた。

「おお、瑠奈……」

「ムンゥ、んっ、典人さん……んっんっ……どうしよう……興奮しちゃう！」

……ピチャ。ちゅぱちゅぱ。ぶちゅっ。

「おおお……」

瑠奈の身体を抱きすくめ、とろけるような接吻にふける。

お互いに右へ左へと顔をふった。熱い鼻息を相手の顔に降りそそがせては、むさぼるように唇をちゅうちゅうと吸って性器をうずかせる。

「ハァアン。んっんっ。ハアァアン」

（瑠奈、すごく興奮してる）

いつでもセックスがはじまると、それまでのキュートさをかなぐり捨てて獣に変わる女ではあった。

だがはっきり言って今日の瑠奈は、いつもよりさらにいやらしい獣になってくれそうだ。

二人のキスは、自然にベロチューへとエスカレートした。ローズピンクの色をした二つの舌がネチョネチョと淫らにからまりあう。

舌と舌とが擦れあうたび、甘酸っぱい電撃がペニスをうずかせた。

もうスラックスなど穿いてはいられない。井上は瑠奈とのベロチューにおぼれつつ、ボクサーパンツごと下半身から脱ぎ捨てる。

「おまえも脱いじゃえよ、瑠奈」

井上は言うと、瑠奈の女体からも着ているものをむしりとっていく。

瑠奈はリラックスした長袖《そで》のTシャツに、ブルーデニムという装い。発情した二人にとって、服などもう邪魔なだけだ。

「あぁン、典人さん。あああ……」

すらりと細身の人妻を、あっという間に下着姿にさせた。乳房と股間を隠しているのは、セクシーな黒色が鮮烈なブラジャーとパンティである。

しかも今日の下着は、どちらもシースルー仕様のようだ。

豊満な乳房を包むカップからは勃起した乳首が、パンティからは陰毛の繁茂が生々しく透けている。

「ほら。見ろよ、瑠奈。よっと……」

「ンハァ……」

井上は体勢を変え、半裸の瑠奈を抱っこするような格好になった。ソファの背もたれに体重をあずけ、身体の上に瑠奈を乗せて背後から抱きすくめる。

ブラジャーのホックに指を伸ばし、素早くそれも脱がせた。たゆん、たゆんと肉房を踊らせて、魅惑の乳房が目の前にさらされる。

「なあ、見ろよ、あいつら。うわっ、俺の女房のケツの穴に、おまえの旦那のでっかいち×ぽが、あんなにもズッポリと……」

言いながら、背後からわっしとおっぱいをつかんだ。

すると瑠奈はもうそれだけで——。

「ああああ」

(おお、すごい声)

井上の上で堪えかねたように尻をもじつかせ、興奮しきった淫声をあげた。その目はまたも食い入るように、ノートPCを見つめている。PCが映しだしているのは、いよいよ風呂場で本番行為を開始した理沙子と隆の姿であった。

しかもただのセックスではなく、隆のペニスは井上の妻のうしろの穴を犯している。

『あああ。ああああああ』

「くう、すごい声だな、理沙子のやつ。なあ、瑠奈?」

「ああああああ」

「うわっ、おまえもすごい……」

もにゅもにゅとねちっこい指づかいで、やわらかなおっぱいを揉みしだいた。乳首はすでに、はちきれんばかりにしこり勃っている。

スリスリと指で揉みこむと、さらに瑠奈は「ヒイィイン」と感極まった声であえいだ。

(マジでたまらん)

自分たち二人は今この瞬間、同じ感情を共有していると井上は思った。二人して、憑《つ》かれたようにPCに映る伴侶たちの不倫行為を凝視している。

『あああ。うあああ。ああ、困る……そんなところに。あああああ』

『おお、理沙子……ううっ、おまえの尻の穴……すごく締まる!』

『ヒイィン。そんなこと言わないで。ああ。あああああ。そんなにかきまわしたら、おかしくなっちゃう。おかしくなるウゥゥ』

映像の中で理沙子が乱れた。

(ああ、理沙子！)

井上の胸の中いっぱいに染みわたるのは、どす黒くも甘美な激情だ。それが嫉妬というものであることも分かっている。

彼の妻は高々と尻を突きあげた恥辱の体勢で、隆の怒張を、こともあろうに尻の穴に受け入れていた。

アナル処女だった理沙子のそこを開発し、もうひとつの快楽スポットとして開花させたのは井上である。それなのに、労せずして甘い汁だけを吸っている隆にも、地団駄踏みたくなるような感情にかられた。

『おおおう。おおおおう。ハアァン、タカちゃん。おおおおおう』

吠える理沙子を、妬心にかられながら井上は見る。

(ああ、理沙子……気持ちいいのか。そんなにいいのか、そいつのち×ぽ……！)

「ヒィイン。典人さん……」

気づけば井上は、瑠奈の乳首を二つともつまみ、ちょっと強めに引っぱってはもとに戻していた。

そんな責めかたに刺激をおぼえるのか。瑠奈はますます身悶えて、井上に尻を擦りつけてくる。

「ハァアン。はあぁん。の、典人さん。乳首、もっと痛くして。もっと強く引っぱったりつねったりしてエェ」

「おお、瑠奈……」

井上とまったく同じジェラシーと苦しみに、瑠奈もまたさいなまれていた。背後からチラッと見れば可憐な美貌は、すでに真っ赤に火照《ほて》っている。

苦しげな吐息をくり返し、瞳には、悲しみの涙と官能のぬめりのどちらもがにじみだしている。

「ねえ、して。してしてしてえぇ」

「こ、こうか。そら、こうか」

「ハアアァアン」

井上は、さらに強く乳首をつまみ、身も蓋もないほど引っぱった。

形のいいおっぱいが乳首に引っぱられてみじめに伸び、乳首自体もサラミスティックさながらにいやらしく伸張する。

「ヒイィン。おおおおう」

ブルブルと、スナップを利かせて指をふった。

波うつように、乳首と乳房が派手にふるえる。しびれるような強い刺激が、二つのおっぱいの全体に伝わる。

「おお、瑠奈……おっぱいがすごく伸びて、こんなにふるえてる！」

自分でやっておきながら、あまりに下品な乳房の伸びかたに、井上は激しく興奮した。しかも瑠奈はそんな風におっぱいをおとしめられ、いつも以上に昂《たか》ぶっていく。

「ハァアン。気持ちいい。おっぱいブルブル気持ちいいよう。ああ、は、入ってる。隆さんのち×ぽが理沙子さんのアナルに……そ、そんなことに使っちゃ、いけないんだよう」

瑠奈は嫉妬を丸だしにして、画面の中の二人をなじった。

井上はまだ、瑠奈の肛門には今日までペニスを挿れていない。

少しずつアナルを開発してはいたものの、そこへ挿入することへの本人の抵抗は思いのほか激しかった。隆にうしろの穴を開発されてこなかったこれまでの経緯も、瑠奈を今ひとつ臆病なものにさせていた。

（お、俺のものだ。瑠奈のケツの穴を最初に犯すのは……この俺だ！）

「あぁぁん」

隆への嫉妬と対抗意識が、燃えあがるような肛門征服の欲望へと変質した。

隆が理沙子の心も身体も自分から奪っていくのなら、こちらも隆の妻である瑠奈の全部を自分の色に塗りかえたい。

「くぅう、瑠奈……」

井上は片手でおっぱいを鷲づかみにしてせりあげながら、もう片方の手を瑠奈のパンティにつるっと飛びこませた。

「ハアァァ。の、典人さん。うあああぁ」

「おお、瑠奈……もうこんなに濡れてる……はぁはぁはぁ……」

指をすべりこませたそこは、早くもねっとりと潤みきっている。

ハッとするほどの温みをたたえたドロドロの蜜が、すぼまる肉壁と一緒になって井上の指に吸いついてくる。

「ああ、典人さん……」

「瑠奈、おまえも今日はここにち×ぽ挿れるか？　そろそろ俺に……おまえのアナル処女をくれないか？」

片手で乳房を、そしてもう片方の手でぬめる女陰をいじくりながら、井上はパンテイ越しに猛《たけ》るペニスを、スリスリと瑠奈の肛門に擦りつけた。

「アハアァァ、典人さん。で、でも……でもそこは……ハアァァン……」

肛肉に摩擦する、陰茎の感触にも淫らな激情をあおられるのか。

瑠奈はますます身をよじり、身体の奥からあふれだす、衝きあげられるような欲望に、なすすべもなくとり乱す。

『り、理沙子。おまえも気持ちいいか。尻の穴、気持ちいいか』

画面の中の隆は、まさか妻と友人に見られているとは知らず、理沙子の肛門を犯しながら卑猥な言葉で彼女を責めた。

両脚を開いて踏んばり、大きな二つの尻肉の間にどす黒い肉棒を突き入れている。

そんな体勢でいやらしく腰をしゃくり、井上の妻の肛門の中で、気持ちよさそうに陰茎を抜き差しする。

「ああん、た、隆さん。隆さん……！　興奮しちゃう。典人さん、どうしよう。私今日、すっごく興奮しちゃってる！」

「はぁはぁ……瑠奈……瑠奈！」

「あああぁ……」

そんなことは、言われなくても分かっていた。井上だって同じように、いつもとは違う狂乱状態に突入している。

瑠奈は汗の甘露を噴きださせはじめていた。噴霧器でちらしたような汗の微粒が、じっとりと半裸の女体に滲みだしている。

井上は瑠奈をかたわらにやり、身体の下から抜けだした。ソファから立ちあがるとPCを置いたローテーブルを押し、そこに十分な隙間を作る。

「アァン……」

瑠奈の手首をにぎり、エスコートした。テーブルとソファの間に膝を突かせ、テーブルに手を突く四つん這いのポーズにさせる。

『おおおう、タカちゃん。おおおう。おおおおう』

画面の中の二人は、なおもアナルセックスの真っ最中だ。

よほど気持ちがいいのだろう。井上としているときより理沙子の嬌声は、はっきり言って何倍も激しく乱れている。

底なしの痴女だと知っていたはずなのに、画面に映しだされているのは、井上の知らない痴女である。

『気持ちいいか、理沙子。ああ、おまえ、オナニーしてるのか』

ズボズボと肛門の中で怒張をピストンさせながら、驚いたように、興奮したように、隆は理沙子に聞いた。

たしかに彼の言うとおりだ。見れば理沙子は股間に片手をぐらせて、自らの指でクリ豆をネチネチ、クチュクチュと擦っている。

『おおおう。おおおおう。オ、オナニーしちゃう。オナニーしちゃうの。タカちゃんのせいよ。タカちゃんが私をこんなにさせるの。おおおおう』

ＰＣの筐体をビリビリとふるわせ、獣のような吠え声がとどろいた。

理沙子は泣きそうな顔つきだ。あんぐりと口を開けている。淫らな快楽を求める指づかいは、さらに下品なハレンチさを増していく。

『おうおうおおおう。おおおおう』

（あああ……）

井上は息づまるような気持ちになる。ブシュブシュと、股の付け根から飛びちっているのは、ひょっとすると潮ではないだろうか。

『おお、理沙子……』

『お、お尻の穴、気持ちいい。タカちゃん、私、お尻の穴気持ちいいの。おおおう』

『くぅぅ。あ、あいつのち×ぽより気持ちいいか』

うれしさが増したらしい隆は、さらなる言葉を理沙子に求めた。

「ううっ……」

井上はたまらず耳をそばだてる。瑠奈もまたキュートな美貌をこわばらせ、固唾を呑んでPCを、気づかわしげにこちらを見る。

『あああ、タカちゃんンンン』

『言ってくれ。頼む。聞かせてくれ』

『き、気持ちいい。あの人のち×ぽより気持ちいい。気持ちいい。気持ちいい！』

「うおお。うおおおおっ！」

「あああ。典人さん。ンハアアァァ」

井上は、荒々しく瑠奈のパンティをずり下ろした。プルンといやらしく肉をふるわせ、旨そうな食べごろヒップが丸出しになる。

そんな瑠奈の背後に立ちあがった。井上は上半身も裸になる。愛人の背後に腰を落とした。ペニスを手にとり容赦なく、瑠奈の秘唇にズブリとそれを突き入れる。

「うあああ。ハァアン、典人さアァァアン！」

バックから犯された瑠奈は、背すじをたわめて獣の声をあげた。

井上は膣奥深くまで陰茎を埋め、子宮口へと亀頭を突きさして、グリグリとダメ押しのようにそこをえぐる。

「ヒイイィ。ああ、それ弱いの。出ちゃう。出ちゃう出ちゃう出ちゃうウウゥッ」

「おお、瑠奈……」

瑠奈に訴えられ、井上はあわてて肉棒を抜いた。

――ブシュパァァァーーーーーッ！

「ヒイイィイン」

それはまるで、一晩中我慢しつづけた小便でもぶちまけだしたかと思うような豪快さだった。

ぽっかりと開いた瑠奈の肉穴から、間欠泉《かんけつせん》さながらの勢いで、潮なのか小便なのかも分からない大量の液体がしぶきを散らして噴きはじめる。

「はぁはぁ。ハアァン。ハアアァン」

「おお、瑠奈……」

『タカちゃんは。ねえ、私、瑠奈さんよりタカちゃんを悦ばせてあげられてる？』

今度は理沙子が隆に聞いていた。四つん這いになった瑠奈は、潤んだ瞳で目の前のPCを見つめ、二人のやりとりに視線を釘づけにする。

「あああ。あああああ」

「る、瑠奈……」

その女陰からは、なおも汁が飛びちった。

うずく陰唇が何度もひくつく。カーペットにぐっしょりと水溜まりを作りながら、瑠奈は夫に傷つけられる、さらに甘美な瞬間を待っている。

（ああ、こいつはたまらん！）

荒れ狂う性欲は、もはやいかんともしがたかった。

井上はふたたび体勢をととのえ、浅ましい汁の残滓《ざんし》をダラダラと漏らす淫肉にズブリと勃起を突きさした。

「うあああああ。の、典人さあああああん」

『ああ、悦ばせているとも』

まさか妻に聞かれているとは夢にも思わず、画面の中の隆は理沙子に言った。

「あああ。あああああ」

「おお、瑠奈……瑠奈！」

……バツン、バツン。

「うあああ。典人さん、もっと動いて。ち×ぽ、ズボズボして。マ×コの中で。ち×ぽをズボズボして。もっともっと。もっとおおおお」

『瑠奈より理沙子が気持ちいい。俺はもう理沙子のマ×コと肛門なしには生きていけない』

「あああ。うああ。うあうあうあああ」

「はぁはぁはぁ。おお、瑠奈！」

燃えあがるようなジェラシーを媚薬にした性行為は、まさに禁断の快楽だった。瑠奈もまた理沙子と同様、濡れ場では人が変わったようになる痴女だったが、今日のよがりっぷりはやはり半端ではない。

もしかしたら自分たちは、とんでもないパンドラの箱を開けてしまったのではないかと、井上は思った。

「おお、瑠奈！」

「ヒイイィン」

猛るペニスでぐしょ濡れの蜜壺をかきまわしながら、片手の指で瑠奈のアヌスをソフトにかく。淡い鳶色をした瑠奈の秘肛は、誘うように、おもねるように、何度もさかんにひくついて、井上の指を穴の奥に引きずりこむような動きをする。

「ああ、瑠奈……なあ、おまえのココ――」

「やらせてあげる！　やらせてあげるゥンン！」

「る、瑠奈……」

アナルセックスをねだる井上に、とうとう瑠奈は気が違ったような声で返事をした。

「いつか……いつかやらせてあげるから！　約束するからあああ！　ああああああ」

「おおお、瑠奈……！」

「だから今はこのまま犯して。私のマ×コを満足させて。興奮するの。頭も身体もどうにかなっちゃいそうなのおおお。鎮《しず》めて、典人さん。私を鎮めてええええっ！」

「る、瑠奈。ああ、瑠奈あああっ！」

それはねだるというよりは、すがりついてくるかのような訴えだった。瑠奈の肉体で荒れ狂っている肉欲のすさまじさを思うと、井上もまた狂おしく昂ぶる。

瑠奈の苦悶は、そのまま井上の苦悶でもあった。彼は瑠奈の細い腰をつかみ、怒濤《どとう》の勢いで腰をふった。

5

「タカちゃんは。ねえ、私、瑠奈さんよりタカちゃんを悦ばせてあげられてる？」

バスルームでとり乱しながら問いかける理沙子に、隆は甘酸っぱく胸を締めつけられた。

かわいい。かわいすぎる。

しかも、なんだこの肛門の、陰茎に吸いついてくるような快さは。

これはまさに、もう一つの女陰だった。理沙子の肛門は、男を腑抜けにさせるためにこの世にあるとしか思えない。

「ああ、悦ばせているとも」

さらにカクカクと腰をしゃくり、狭隘な秘肛の中で怒張を抜き差ししながら隆は断言した。

「瑠奈より理沙子が気持ちいい。俺はもう理沙子のマ×コと肛門なしには生きていけない」

「あおおう。タカちゃん。タカちゃん。うあああああ」

「おお、理沙子！」

——パンパンパン！　パンパンパンパン！

初めてのアナルセックスは、早くもクライマックスを迎えていた。ヌルヌルした直腸の壁とカリ首が擦れ、甘酸っぱいうずきがくりかえしひらめく。

理沙子の蜜肉は艶めかしい生き物のように蠢いたが、肛門のほうはとにかく狭い。挿れてはいけない肉穴にペニスを挿れていることに、背徳的な昂揚感をおぼえた。

そうした禁忌な劣情もまた、亀頭におぼえる快美感を何倍にも増幅させる。

「あおおう。おおおう。タカちゃん、気持ちいい。お尻の穴、気持ちいいの。うおおう。おおおおう」

理沙子は浅ましい動作でクリトリスをかきむしりながら、我を忘れた叫び声を上げずらせた。

熟女が擦り立てる女陰からは、グチョグチョ、ガボガボとすさまじい汁音がひびく。まさに痴女と言える底なしの性欲を見せつけるかのようにして、先ほどから絶え間なく、ブシュブシュと潮が小便のように噴きだしている。

(ああ、もうイク！)

急製造したザーメンが、陰嚢の中であぶくを立てた。遠くに聞こえていた耳鳴りの音が、一気に高まって頭蓋に反響する。

「理沙子、もう出る。出るからな」

浅ましい潮噴きオナニーをつづける痴女に、隆は宣言した。狂ったように腰をふり、ヌメヌメした直腸の壁に爆発寸前の肉傘を擦りつける。

「アヒイィ。ンヒヒイィィ」

そんな隆に呼応して、なおもクリトリスをいやらしい手つきで愛撫しながら、半狂乱の理沙子は叫ぶ。

「あおおう。おおおおう。タカちゃん、イッちゃう。私もイッちゃうンン。お尻気持ちいい。お尻気持ちいい。気持ちいいのほほおっ。おおおおっ」

「うう、出る……」

「おおおおお。おおおおおおおっ‼」

――どぴゅっどぴゅっ！　どぴゅどぴゅどぴゅどぴゅぴゅっ！

とうとう二人は、一緒に絶頂に突き抜けた。隆は理沙子の肛門に、根元まで極太を深々と刺す。

この日一発目の射精は、直腸への中出しとなった。とろけるような気持ちよさにうっとりとしながら、隆は天を仰いで陰茎を脈打たせる。

そんな彼におもねるかのように、理沙子の肛門は収縮と弛緩《しかん》をくり返した。脈動する男根を締めつけては、解放する動きをする。

「おお、理沙子……」

「あぁン、タカちゃん……はあぁぁ……」

ずぶ濡れの痴女は、しきりに裸身を痙攣させた。

隆は理沙子の窮屈なアナルに男根を埋めたまま、いとしい女の肛門に、心の赴くまま濃厚な精子を飛びちらせた。

「はぁはぁ……はぁはぁはぁ……」

「おお、瑠奈……瑠奈ぁぁぁ……」

オルガスムスに突きぬけた隆と理沙子の後を追うかのようだった。井上と瑠奈もまた生殖の悦びに狂乱し、牝壺への中出し射精でフィニッシュを決めた。

PCの画面の中で脱力する隆と理沙子を見つめながら、井上と瑠奈も同じようにぐったりとしていた。

「あぁ、典人さん……」

「くぅぅ、瑠奈……俺の……俺の瑠奈……！」

……ちゅぽん。

「ハアァアン……」

井上は瑠奈の蜜穴から怒張を抜いた。ぱっくりと割れた尻の谷間では、わずかに汗ばんだ肛肉が、まだなおヒクヒクとあえぐように蠢いている。

「る、瑠奈。いつやらせてくれる。んん？　おまえのココ……いつ俺にち×ぽを挿れさせてくれる？」

「あああ、典人さん。うあああああ」

瑠奈の顔を見ることができるよう、彼女の脇へと場所を変えた。こらえきれずに自分の指を舐め、唾液まみれにしたそれを瑠奈のアヌスに押しつける。

「あああ。あああ。典人さん。典人さん。ああ、そんな。いやン、いやン。あああ」

井上は指に力を入れた。唾液の潤滑油を味方につけ、菊蕾の中に指を潜りこませようとする。

「ああン、そんな。いやン、そんな。そんなあああ。あああああ」

……にゅるん。

「うあああ」

「おお、瑠奈……挿れたいよう。挿れたいよう。おまえのエロい肛門に、俺のち×ぽを……なあ、ち×ぽを！」

「ンッヒイイィ。ヒイイイィ」

指先が肛肉に飛びこんだのをいいことに、今こそはと井上は、ヌプヌプと奥まで指を挿れようとした。このところ、機会があればこんな風に指を挿れ、時間をかけて開発をつづけている。

第一関節から、第二関節。そしてついには、根元まで人差し指がアヌスの中へと埋没した。

「ああ、瑠奈」

「ヒイイィ」

「瑠奈。瑠奈」

……グリッ。グリグリッ。

「ヒイィィ。ああ、やめて、ああ、そんなことしたら。そんなことしたら。あああぁ」

井上は、ドリルのように指をまわす。

腸壁に指の腹を擦りつけ、前へ後ろへ、前へ後ろへと、ゆっくりと回転させながら、何度も指をピストンさせる。

「あああああ」

——ブッホオオオッ！

「おお、瑠奈……くぅう、エロい！」

尻の穴をかきまわされる刺激は、やはり相当なのだろう。瑠奈はテーブルに上体を投げだし、バックに尻を向けるエロチックな体勢でとり乱した声をあげた。

堪えかねたようにヒップをふり、注がれたばかりのザーメンを、咳きこむ勢いで、ブプッ、ブププッと媚肉から飛びちらせる。

甘酸っぱい牝の発情臭に、栗の花を思わせる精子の匂いが入りまじった。愛蜜まみれのザーメンが、革張りソファをビチャビチャとたたく。

「あああ。あああああ」

「瑠奈、挿れたいなあ。挿れたいなあ、おまえのココに。おまえも絶対気持ちよくなれるよ。あいつのち×ぽでケダモノみたいによがってた俺の女房みたいに」

……グリッ。グリグリグリッ。

「うおおお。ああ、そんなにえぐらないで。いやン、そんなにえぐったら、出ちゃう。変なもの出ちゃう。恥ずかしいもの漏らしちゃうンンン」

排泄孔を容赦ない激しさでかきまわされ、瑠奈は不測の事態への恐怖にかられた。

しかしそれと同時に――。

「おおお、気持ちいい。気持ちいいよう。困るのに。そんなとこ、そんなにえぐられたら恥ずかしいもの出ちゃうのに。気持ちいい。とろけちゃうンン。おおおおう」

決して見られてはならないものを排泄しそうになる刺激にとまどいながらも、甘酸っぱさいっぱいの官能に打ちふるえる。

排泄の快感も生殖の恍惚も、どちらも本能的なもの。どこかでひとつにつながったそれらに、瑠奈もまた恐怖とは裏腹な興奮をおぼえてよがり泣く痴女だった。

「おお。おおおおおっ」

――ブホッ！　ブホホオオッ！

「ああ、瑠奈。すごい……」

獣の声をあげてあえぎながら、なおも瑠奈は井上が注いだばかりの精液を背後のソファに飛びちらせた。とろけた糊のような白濁が湿った音を立て、革張りのソファに粘りついては、重たげに下へと垂れていく。

「なあ、挿れていいか。瑠奈」

なおも井上は瑠奈に聞いた。

しかし瑠奈は答えない。それどころではなかった。

「おおお、イグ。イグイグイグッ。気持ちいいの。典人さん、もっとグリグリして。私のお尻の穴、奥までほじってグリグリしてええっ」

「くう、こ、こうか、瑠奈。なあ、こうか」

……グリグリグリッ。グリグリグリグリッ！

「おおお。おおおおお。き、気持ちいい。気持ちいいンン。イッちゃう。お尻の穴でイッちゃうよおおう」

「おお、瑠奈。イケよ。さあ、イケ。そら。そらそらそら」

「おおおおお」

まさか指だけで達しそうになるとは思わなかった。

今までの地道な開発が功を奏したか。それともそんな成果より、たった今ＰＣで目にしたとんでもない映像が、痴女の性感を爆発的に開花させたか。

「ああ、イクッ。お尻でイッちゃう。お尻でイッちゃうンンン」

「さあ、イケ。ぶっ飛んじまえ。そらそら。そらそらそら」

……グリグリグリ！　グリグリグリグリグリッ！

「んおおおお。おっおおおおおおおっ‼」

……ビクン、ビクン。

「ああ、瑠奈……」

とうとう瑠奈は、エクスタシーに突きぬけた。

井上の人差し指を根元まで肛肉に呑みこんだまま、感電でもしたかのように全身を派手に何度も痙攣させる。

早くも白目を剝いていた。

はじかれたようにテーブルに突っ伏し、伸ばした腕でＰＣを追いやって、上下に尻をバウンドさせる。

「はうう……はうう……イッちゃった……私ったら……お尻、なんかで……」

「瑠奈……はぁはぁ……はぁはぁはぁ……」

なかば意識を白濁させたまま、瑠奈は絶頂の痙攣をつづけた。人妻のアヌスは井上の指をちぎりそうな力で、何度も何度も収縮した。

「典人さんにあげる、私のお尻の穴。でも……奪うなら、あの人の前で奪ってみせて」

激しいアクメから意識を取りもどした瑠奈が口にしたのは、驚くべきリクエストだった。

それを聞いた井上は、こいつはさらにすごいことになりそうだと、それだけでペニスをまたしても勃起させた。

結局その日、夜までに井上は五回も精を吐いた。瑠奈もまた、数えきれないほどのアクメに達した。

ＰＣの向こうの獣たちも、二人に負けじと汗まみれで天国にいった。

第五章　淫乱パーティ

1

「い、いらっしゃい」

何食わぬ顔をすることは、想像していたとおり困難だった。それでも隆は必死になって、作り笑いで客を迎える。

「こんにちは。おお、きれいな家だな」

玄関ドアから入ってきた井上は、満面の笑顔だった。珍しそうに家の中を見まわし、感心したように言う。

「そうでもないよ。もう三年目だし……あっ、い、いらっしゃい……」

頼むから自然に聞こえてくれよと祈りながら、隆は井上につづいて入ってきた女性に挨拶をする。

理沙子だった。理沙子もまた、緊張した顔つきで哀れなくらいぎくしゃくとしている。

「こ……こんにちは。お久しぶり……」

硬い笑顔で理沙子が言った。隆はそんな理沙子にうなずきながらも、思わず彼女から視線をそらす。

「おいおい。そんなに緊張するなって。何年ぶりだ。三年……四年か？」

ぎこちない挨拶をかわす二人に破顔し、井上が雰囲気をやわらげようとする。

隆はそんな井上にうなずいて――。

「そ、そうだな。四年ぶり……だよね？」

「え、ええ。そういうことに……なるのかな……」

理沙子に同意を求めた。理沙子は緊張した笑顔を作り、言葉を返した。

「いらっしゃい」

するとキッチンから、罪のない笑みを浮かべて瑠奈が姿を現した。早くからホームパーティの準備をしていた隆の妻は、愛らしいピンクのエプロン姿だ。

「井上さん、お久しぶりです」

「ああ、どうも。相変わらずきれいだね、瑠奈さん」

「またまた。相変わらずお上手ですね。あ……」

「は、初めまして。理沙子です」

瑠奈と目があった理沙子は、申し訳なさそうに身を縮めて会釈をする。

年齢は理沙子のほうが六つ上だったが、隆と裏でつながりながら堂々とふるまえるほど、面《つら》の皮は厚くない。

「初めまして。お噂はかねがね……て言うか、本当にきれい……」

「え。そ、そんな……」

出迎えに現れた瑠奈は、初対面の理沙子を見て感激にしたように両手の指をからめる。ようやく会うことができたというように喜んでみせる瑠奈に、理沙子はますます笑顔をこわばらせた。

(とんでもないことになったたな)

とにかくあがってくれと、隆は井上たちを招じ入れる。

他愛もない雑談をしてリビングルームにエスコートしながら、思わず心中でため息をついた。

まさか井上と理沙子を自宅に招く日が来ようとは夢にも思わなかった。

瑠奈から提案をされたときには、動揺を抑え、平静を装うだけで精いっぱいだった。

――まだ一度も、井上さんたちをご招待していなかったでしょ？　隆さんと井上さんはお友だちなんだし、いつまでも今の距離感じゃいけないと思うのよね。私は全然平気だから、一度ご夫婦を招いてホームパーティでもしたらどうかな。

瑠奈はそう言って、井上と理沙子を家に呼ぼうとした。

思わぬことのなりゆきに、隆はうろたえた。

だが強硬に反対をするのも不自然だ。後ろめたい事実があるため、よけいにそう思ってしまう。

理沙子のことはもうなんとも思っていないと、瑠奈には何度も言っていた。

それなのにホームパーティをいやがるのは、どう考えても理屈がとおらない。どうしてそんなにいやがるのかと不審に思われ、やぶ蛇になりそうな不安もあった。

井上から話を聞いた理沙子も、隆と同様おおいにとまどったようである。だが、自分だけ不参加にするわけにはいかないと、やはり思ったという。

こうして隆たちの自宅でのホームパーティが決まった。

隆と理沙子は、自分たちの関係を絶対に気づかれないようにしなければと緊張しながら、この日を迎えたのであった。

あと一週間ほどで立冬を迎える、十月終わりの休日のことだった。

2

（瑠奈さん、本当にかわいい。タカちゃんは、こんな人と毎日一緒にいるのね）

居心地の悪いホームパーティは、とにもかくにも進んでいた。

まだ正午にもなっていないというのに、お酒と料理とにぎやかな会話で、少なくとも井上と瑠奈の二人はことのほか盛りあがっている。

きれいにととのえられたリビングルームがパーティ会場だった。

真四角なローテーブルの上には、瑠奈が用意してくれたおいしそうな手料理と、理沙子が腕をふるって持参した料理がところせましと並んでいる。

差し入れに持ってきたビールは、盛りあがる二人のせいで次々と空になり、座にはにぎやかさが増していた。

そして理沙子もまた、たいして強くもない酒をつきあいで飲む内、少しだけ緊張感が弛緩してきている。

高価そうなソファも置かれていたが、四人はカーペットに座布団を敷き、そこに座って卓を囲んでいた。

理沙子はモカカラーのプリーツワンピースによそおってきている。ここ一番のお出かけのときによく腕をとおす、お気に入りの一着だ。

一方の瑠奈は、襟ぐりが丸く開いた上品な紫色のカットソーに、エレガントな花柄のフレアスカートというキュートないでたち。持ち前の愛らしい美貌も相まって、まぶしいほどの輝きをこれでもかとばかりに見せつける。

(私なんかより、全然魅力的。タカちゃんは、どうして私なんかを……)

明るい華やかさと、理沙子が失いつつある若々しい魅力をあふれんばかりにまき散らし、ホステス役を務める瑠奈に、理沙子はちょっぴりコンプレックスをおぼえた。

これほどまでに素敵な女性なのに、この人は隆に裏切られて——そう思うと、理沙子はさらに罪悪感と申し訳なさで胸を締めつけられる思いにもなった。

「さあ、理沙子さん。今日はいっぱい飲んで帰ってくださいね。ウフフ」

「あ……す、すみません。ありがとう……」

かわいい仕草でビールを勧められ、理沙子はあわててとりつくろった。空になりかけていたグラスを手にとり、新たな酒を注いでもらう。

かわいく微笑む瑠奈を上目づかいに見た。目があうと、ほんのりと酔いがまわってきたらしい瑠奈は、茶目っ気たっぷりに白い歯をこぼす。

(ごめんなさい、瑠奈さん。ほんとにごめんなさい)

そんな瑠奈に作り笑顔を返しながら、理沙子はまたも心でわびた。

この人のたいせつな夫と、とんでもないことをしてしまっていることに、今さらのように罪の意識をおぼえる。

(ごめんなさい、あなた……)

申し訳なさをおぼえるのは、井上に対しても同様だ。屈託なく隆に語りかけ、笑いころげている夫を見ていると、やはり自分は地獄に落ちるとあらためて思う。

(でも……)

胸ふさがれる思いになりながら、理沙子は隆を見た。隆は井上と、共通の友人の話題をしつつさりげなく理沙子と視線をあわせる。

——大丈夫。大丈夫だからね。

無言のアイコンタクトで、そう言ってくれているように理沙子には思えた。

緊張感。罪悪感。後ろめたさ。恐怖。

それらすべてを忘れさせてくれるかのような隆の微笑に、心癒される思いになる。

——一緒に落ちよう。地獄にさ。俺、それでもいいと思っている。理沙子とこんな風に生きられるなら。

隆はいつもそう言って、こんな自分を抱いてくれた。

女という生き物は、実に繊細だ。自分を抱いている男が、どんな気持ちで自分のことを思ってくれているか、不思議なほどによく分かる。

隆の気持ちに、理沙子は胸を締めつけられた。彼の言葉には、嘘も偽りも微塵もないと心から信じられた。

だからこそ、瑠奈への罪の意識もまた大きかった。

地獄に落ちてわびるしかないと、土下座すらしたい気持ちで心底思った。

「――だったよな、理沙子」

「え？　え、ええ。そうだったわね……」

共通の友人のことで同意を求められ、理沙子はビールに口をつけながら話をあわせた。そんな理沙子をニコニコと、楽しげに微笑みながら瑠奈が見る。

理沙子は重苦しい気分になりながらも、精いっぱいの笑みを返した。

3

「そうそう。そう言えばさ、面白いものを持ってきたんだよ。山内、これを再生してくれ」

井上の顔は、早くも真っ赤になっていた。

真っ昼間の宴がはじまって、はや一時間半。

昼酒は思いのほかきくと言うが、たしかに井上だけでなく、たいして飲んではいないはずの隆もまた、いつも以上に酔いがまわってきている。

「うん？」

井上が鞄からとりだしたのは、銀色に光る一枚のディスクだった。

ＤＶＤか、Ｂｌｕ－ｒａｙか。

よくは分からないものの、とにかくみんなでこれを見ようということらしい。

「なんだよ、これ」

隆は井上に聞いた。

「あはは。見れば分かるって。とにかくすごいんだ。な？」

「え。な……なって言われても、私にも……」

同意を求められ、理沙子はとまどったように微笑をこわばらせた。どうやら彼女にも話してはいないサプライズのようである。

隆は肩をすくめて瑠奈を見た。瑠奈もまた「はて……？」というように、酒で紅潮した美貌をかわいくかしげる。

隆は井上からディスクを受けとった。

立ちあがり、薄型テレビを載せたテレビ台に近づいていく。観音開きのガラス戸を開けた。テレビとハードディスクレコーダーを起動させると、トレイを開き、ディスクをセットして席に戻る。

「二人の旅行かなにかか。あ、それとも今さら、結婚式のビデオ？」

いぶかりながら、隆はなおも井上に聞いた。こんな席で、いきなりビデオを見ようという井上の意図がつかめない。

「あはは。もっと面白いものだよ。ほら、みんな。注目注目」

井上はビールのグラスを手にとった。ワクワクとした様子で座布団に座りなおす。

子供のような井上の態度に苦笑しつつ、隆はリモコンを操作した。ディスクの映像を再生させはじめる。

「………」

映像は、すぐにはスタートしない。なにもうつらない大きな画面を、四人は黙ってじっと見た。

（……は？）

やがて、とうとう再生がはじまった。

もうもうと湯けむりのけぶる、風呂場らしき場所。隆は眉をひそめる。裸の男女がなにやらいかがわしいことをしているではないか。

（……おいおい、まさかＡＶ？）

そうとしか思えない映像だった。

だがどうして井上が、このような場所、このようなタイミングで、こんなものを見ようと言い出したのかが分からない。

「おい、井──」

「ひいいいっ」

井上に声をかけようとしたそのときだ。

突然けたたましい音がする。

理沙子がグラスを手から落としたのだった。テーブルに倒れたグラスから酒のあふれだす音がつづく。

理沙子は両手で口を覆い、切れ長の瞳を見開いた。その顔には、自分の見ているものが信じられないというような強烈なショックが見てとれる。

「……？」

隆はもう一度テレビの画面を見た。そして――。

(ええっ⁉)

今度こそ、はっきりと映像の正体を知る。

『ハアァン、タカちゃん……』

『おお、理沙子。うおっ。おおお……』

「いやあああああっ」

引きつった悲鳴がリビングの大気をふるわせた。堪えきれずに叫んだのは、理沙子である。

だが、それも無理はなかった。

五十インチの大画面。映っている裸の女は、理沙子その人。

彼女は痴情を露にし、隆のペニスをすさまじい勢いでしゃぶっていた。

『アァン、タカちゃん……おち×ぽ、今日もすごい。んっんっ……』

『くぅぅ、理沙子……ああ、気持ちいい！』

画面の中の隆は、天を仰いで愉悦のため息をついている。

おっぱいの大きい全裸の女は、そんな隆の怒張を口の中いっぱいに丸呑みし、啄木鳥のように前へ後ろへといやらしく顔をふる。

「い、いや。止めて。ビデオ止めてえええっ」

「ううっ……」

絹を裂くような叫び声は、完全にとり乱していた。呆然とフリーズしていた隆は我に返り、リモコンで再生をストップさせる。

テレビの画面が真っ黒になった。静寂が四人を包む。切れ切れに聞こえるのは、理沙子の哀切なうめき声だ。

先ほどまで、みんなでくつろいでいたはずだった。だがリビングの雰囲気は一気に張りつめ、緊張感がみなぎっている。

理沙子はなおも口を覆った。目開いた瞳が、気づかわしげに瑠奈を見る。

「る、瑠奈……」

思いは隆も同じだった。瑠奈はうなだれ、能面のような顔つきになっている。

すべてが白日のもとにさらされてしまった。

パニックになっているため冷静に整理できなかったが、どうやら井上は理沙子と隆の関係に気づいていたようだ。隆が家を訪ねたあの日、井上はしっかりと罠を張っていたのだろう。

言い逃れしようのない映像まで撮られていたとは、夢にも思っていなかった。

そして井上は、今日のこの日を利用して復讐をしようと考えた——隆はそう思った。

ホームパーティに誘われたのをこれ幸いと、爆弾を投下しにきたのだろう。

悪いのはすべて自分である。だがせめて、瑠奈のいないところでやってほしかったと、隆は瑠奈を気づかった。

もう一度理沙子を見る。おそらくあの顔つきは、彼女もまた自分と同じ気持ちでいるに違いなかった。

「瑠奈。あの……」

信じられない映像が、よほどショックだったのかも知れない。瑠奈は先ほどまでの彼女とは別人のように、うつむいたまま唇を噛んでいる。

「瑠奈。ごめん。これは——」

「瑠奈さん、ごめんなさい。あなた、ごめんなさい。全部私がいけないの」

隆の言葉をさえぎり、理沙子が泣きそうな声をあげた。座布団から飛びだし、フローリングの床へと位置を変え、瑠奈と井上に土下座をする。

「うう……」

理沙子一人にみじめな罰ゲームを受けさせるわけにはいかなかった。隆もあわてて理沙子に近づき、一緒になって妻と友人に平身低頭をする。

「ち、違う。理沙子は悪くない。訪ねていった俺が悪いんだ。なあ、井上。おぼえているか」

隆は顔を上げ、必死になって井上に言った。

「なあ、おぼえてるだろ？　おまえと久しぶりに飲んだあの夜。俺、おまえから、まだ理沙子が俺を忘れられずにいるんじゃないかって話を聞いて。それで──」

「あはははは」

突然、瑠奈が高笑いを爆発させた。

顔を天に向け、文字どおり腹を抱えて大爆笑をする。

「……え？　る、瑠奈……？……」

「瑠奈、さん……？」

瑠奈の笑いかたは、どこか異様だった。こんな彼女を見るのは初めてである。瑠奈はいかにも愉快そうに笑ってみせる。その笑顔には、どこか狂気めいた異常なものが感じられる。

「あはは。あはははは」

瑠奈は笑いながら立ちあがった。

カーペットからソファへと身を移し、澄ました顔をしてシートに腰を下ろす。脚を組んだ。すらりと長く形のいい美脚が、隆たちに向かって挑むように突きだされる。

（えっ……？）

隆はギョッと目を剝いた。今度は突然、井上が立ちあがったのである。

（はあ⁉）

井上はいきなりズボンを脱ぎはじめた。穿いていたブルーデニムをボクサーパンツごと下半身からむしりとる。

「ひい。あ、あなた……」

理沙子がとまどい、息を呑んだ。露になった井上のペニスは、目を見はるほどビンビンに勃起して反りかえっている。

「あなた、なにをするの——」

「いやあ、興奮するな。おい、しゃぶってくれよ」

井上はペニスをにぎり、しこしことしごきながら言った。

「な、なにを言っているの、あなた。やめて。こんなところで、そんなこと――」

「しゃぶってくれよ、瑠奈」

（……えっ？）

待ちかねたように催促をする井上の言葉に、隆は虚をつかれた。

――瑠奈？

今こいつ、瑠奈と言いはしなかったか。

4

「……ンフフ」

井上の言葉に、瑠奈が反応した。またも彼女は笑いだす。

「あはは。あはははは」

「お、おい……瑠奈……」

「瑠奈さん……」

「ほんとにスケベなんだから。典人さん、おち×ぽビンビンじゃない」

誇示するように腰を突きだし、下品な自慰にふける井上の股間を見て瑠奈は言った。

井上はそんな瑠奈に反応し――。

「ウヒヒヒ」

笑いながら、さらにしこしこと肉棒をしごく。

「アン、いやらしい。こんなに勃起させて……」

瑠奈は体勢を変え、井上の前に膝立ちになった。股を開かせてにじりよると、持ち主の手からペニスを奪う。

「えっ。えっえっ、る、瑠奈……」

「ヒイイ。瑠奈さん……」

驚いた隆と理沙子がフリーズする目と鼻の先だった。井上の勃起をにぎった瑠奈は、しこしこと慣れた様子で猛る極太をしごいてあやす。

しかもそれだけではすまず――。

「アァン、典人さん……んっ……」

「うおお、瑠奈……、気持ちいい」

（えっ、ええっ？）

……ぢゅぽぢゅぽ。ピチャピチャ、ぢゅぽ。

もしかして、自分は夢でも見ているのかと隆は呆然とした。

そう何度も顔をあわせたことはない二人のはずだった。それなのに、瑠奈は井上のペニスを頬張り、手慣れた雰囲気で彼を気持ちよくさせている。

「お、おまえたち……」

自分はなにも知らなかったのだと、今さらのようにおのれの間抜けさを呪った。

昨日や今日、結ばれた関係ではないらしいことは、卑猥な行為をともにする二人の姿を見ればいやでも分かる。

「グフフ。やっぱ淫乱な痴女はいいよな、山内。おお、気持ちいい……」

瑠奈にペニスをしゃぶられ、心地よさげに天を仰いで井上は言った。

「い、井上……」

「でもどうせなら……俺のことを一番に思ってくれる痴女が、やっぱり最高だ」

「あなた……」

言いながら、井上は含み笑いとともに理沙子を見た。そんな井上に、理沙子は声をふるわせて反応する。

隆と同様、今自分が目にしていることが、とてもではないが信じられないという顔つきだ。

「文句は言わせないぞ、山内、理沙子。だってそうだろ。おまえたち、人のことをどうこう言えるような立場じゃないからな。おお、瑠奈、気持ちいいよ……」

「ハウゥン、典人さん……んっんっ……」

井上はいとおしそうに瑠奈の髪を、何度もやさしく撫でてみせる。そんな井上にうっとりとしながら媚びたように尻をふる瑠奈は、やはり隆の知らない彼女である。

「ほら、理沙子さん。あなたも相手のち×ぽをしゃぶれば」

呆然と硬直する理沙子に、あろうことか瑠奈は言った。

「えっ……ちょ、る、瑠奈さ——」

「しゃぶりなさいよ。しゃぶらないと、さっきの映像、また再生するわよ」

「ええっ？」

とまどう理沙子を瑠奈はおどす。

井上がそれに呼応した。嘘ではないぞと言うかのように、瑠奈に男根をしゃぶられながら、腕を伸ばしてテーブルのリモコンをその手ににぎりしめる。

「ひいぃっ」

「もっと見る、理沙子さん？　んっんっ……あれから、すっごいセックスしたわよね」

「や、やめて。やめてぇ！」

映像を再生しようと機器にリモコンを向ける井上に、理沙子は引きつった声をあげた。すでにすべてがばれているとは分かっていても、こんなところで恥ずかしい映像を再生され、それでも平気でいられるほど理沙子の神経は図太くない。

（そ、それにしても）

ようやくいろいろなことを理解しながら、隆は瑠奈を見た。

「ハァアン、典人さん……んっんっ……おち×ぽ、すっごいピクピクいって……」

「気持ちいいよ、瑠奈。おおお……」

「くうぅ……」

隆は、ほかの男のペニスをしゃぶる妻の姿を唖然と見つめた。

そうか。そういうことだったのか。

ここにも一人の痴女がいた。

悪いのは、瑠奈がいながら理沙子を忘れられなかった自分だろうと隆は思う。

しかしそれでも、自分を裏切ってほかの男とつながっていた瑠奈に、隆はどす黒いジェラシーをおぼえた。

さっきの瑠奈の高笑いは、多分一生忘れない。してやったりという顔で、ソファに座って脚を組む彼女の姿も。それは、まさに悪女であった。

夫が目の前にいるのに、他の男の陰茎を平然としゃぶれるこの女に、屈折した感情が湧いてくる。

（おおお……）

こんな状況なのに、不思議とペニスがうずきはじめていた。

股間に血液が流れこみ、男根がムクムクと硬度と大きさを増していく。

「ほら、理沙子。映像を再生されたくなかったら、山内のち×ぽを舐めろ。いつもやっているように。コソコソしないで、今日は俺たちの前で堂々とやれよ」

なおも困惑しつづける理沙子に、今度は井上が言った。

「くぅっ。あなた……」

すると、瑠奈が井上の後を引きとる。

「もしメチャメチャ興奮させてくれたら……私も典人さんもあなたたちと別れてあげる。あなたたち、結婚すればいいわ」

「ええっ？」

理沙子が声を上ずらせた。隆も息を呑む。それは、思いもよらない申し出だった。

挑発するように言う瑠奈に、隆はゆがんだ欲望を肥大させる。

（瑠奈……）

「で、でも——」

しかし理沙子はオロオロと、どうしていいのか分からない様子で虚空に目を泳がせた。助けを求めるかのように、何度も隆のほうを見る。

「タ……タカちゃ——」

「上等じゃないか、おまえたち」

うめくように口にした言葉には、思わずまがまがしいものが混じった。

隆は睨むように井上と瑠奈を見る。

挑発するように、瑠奈が「フッ」と鼻で笑った。井上は隆を見つめ返し——。

「ああ、おまえの女房の口マ×コ、気持ちいいよ、山内。瑠奈と理沙子と、どっちがすごい痴女かなあ。正直俺は、瑠奈に軍配があがる気もしてるんだけど」

乗ってこいよと挑むように、口角をつりあげて微笑んだ。そんな井上に、隆はたぎるものをおぼえる。

「上等だ」

隆は言った。

「瑠奈もたしかに、エロい女だ。そいつは間違いない。でもな……」

勃起したペニスが、デニムの股間を突きやぶらんばかりに大きくなる。

早くここからだせと吠えるかのように、下着とジーンズを突きあげた亀頭がジンジンと激しくうずく。

隆は井上に断言した。それは、彼からの宣戦布告でもあった。

「でも理沙子こそ、最高にエロい女だと俺は思っている！」

「きゃあああ」

衝きあげられるような肉欲は、もはや制御不能だった。許しも得ずにいとしい女をフローリングの床に押したおす。

「ちょ、タカちゃん……やめて……タカちゃん⁉」

隆が夫の挑発に乗ってしまったと分かり、理沙子は浮き足立った。

覆いかぶさる隆を押しのけようと、清楚な美貌をこわばらせ、必死に四肢をばたつかせる。

「理沙子、もうごまかしても遅いんだ。全部バレちゃってる」

そんな理沙子の抵抗を、男の力で隆は封じた。だめよ、だめよ、絶対にだめと必死な目つきで訴える理沙子にせつない欲望がどんどん増す。

こんな展開になるとは夢にも思わなかった。だがこうなってしまった以上、後戻りはもうできない。

「きゃあ。あぁン、だめ、タカちゃん……主人が……主人がそこに……瑠奈さんも！」

ワンピースのスカートをまくりあげ、太腿と股間を露にさせた。今日も理沙子は純白の下着を着けてくれている。

もちろんこんなことになるなんて分かっていたわけではないだろう。

だが自分の前では言われたとおり、白い下着で寄りそいたいと思ってくれていたらしい。そんな理沙子に、隆はうずくような性欲をおぼえる。

「井上と瑠奈がそこにいるから、よけいいいんじゃないか」

言いながら、純白のパンティに両手を伸ばした。いやがって暴れる熟女の股間から、薄い下着をズルリと容赦なくずり下ろす。

「きゃあぁ。そんな。ああ、脱がさないで……こんなことしちゃいけないの。私たち……こんな……こんなこと――」

「しちゃいけないことをするから興奮するんだろ。そおら」

「きゃあああ。あああああ」

完全にパンティを脱がせた隆は、ムチムチした熟女の両脚をすくいあげた。

理沙子は身も蓋もないガニ股の格好にさせられる。

マングローブの森が、今日も豪快に縮れた陰毛を飛びださせた。だがさすがに、今日の理沙子はこれっぽっちも発情していない。

いつも豊潤なぬめりをたたえる卑猥なワレメが、ぴたりと閉じたままだった。しかし隆は、そんな恥裂に舌を突き入れ、ネロネロ、レロレロと舐めしゃぶる。

「あああぁ。ちょ……やめて、タカちゃん。タカちゃん、だめ。ああ、そんなことしちゃ……あああああ……」

「おお、理沙子、エロい声。る、瑠奈……おまえも舐めてやるよ」

「んっ……あぁン、典人さん。ひゃん。ハアアァァ……」

怒濤のクンニで理沙子を責め立てはじめた隆に、井上もさらに発奮した。

しかも、どうやら瑠奈も同じのようである。

ちゅぽんと音を立て、瑠奈の口から井上が怒張を抜く。卑猥な行為にのめりこみ、早くもとろんとしはじめていたらしい隆の妻を、ソファの上へと持ちあげた。

背もたれに手をつき、背後に尻を突きださせるエロチックなポーズ。スカートをまくると瑠奈の尻から、つるんとパープルのパンティを脱がせる。

「はあぁン、典人さ……ああああぁ」

「おお、瑠奈。エロいやつ、もうこんなに濡れて。んっんっ……」

……ピチャピチャ。れろん、ちゅうちゅぱ。

「はあぁぁ。アァン、感じちゃう。典人さん、感じちゃうンン」

井上は瑠奈の股間に顔を埋め、いやらしい音も高らかに、彼女の秘唇を舌で責めはじめた。

そんな井上に敏感に反応し、瑠奈は艶めかしい声を誰はばかることなくもらしだす。

（くうぅ、瑠奈……ち、ちきしょう！）

これが寝取られ男の悲哀かと隆は思った。

瑠奈には悪いが今の隆には、やはり彼女より理沙子である。

しかしそれでも、こんな風に目の前でほかの男に寝取られると、どす黒くまがまがしいものが胸底いっぱいにこみあげてくる。

今まで知らなかった妻のさらなる本性にも、サディスティックな劣情をおぼえる。

負けてはいられなかった。こうなったらもっともっと、井上にも妻を寝取られる苦しみを、これでもかとばかりに味わわせてやりたい。

瑠奈にも自分が理沙子を愛していることを、とことん突きつけて、このゆがんだ嗜虐心を満足させたい。

隆は燃えあがるような闘争心をかき立てられた。知らないところで井上とできていた以上、瑠奈への気兼ねなどもはやない。

(やってやる)

隆は鼻息を荒げた。

目の前で妻の女陰をほかの男に舐められる、異常としか言いようのないシチュエーション。その上さらに異常なことに、隆もまた、その男の妻の淫肉を舌と唇で我が物顔で舐めしゃぶっている。

「ああぁ。そんな。そんな。ハアァァン」

「あっあっ。典人さん。あああああ」

理沙子と瑠奈。どちらがすごい痴女なのか。

二人の男のゆがみにゆがんたぶつかりあいは、相手から寝取った女の痴女っぷりを競いあうかのごとき展開になった。

5

「あっあぁん。あっあっあっ。ひはっ。アァン、だめ、タカちゃん。うあああぁ」

「はぁはぁ……おお、理沙子。濡れてきた……こんなに濡れてきたぞ！」

「アァ、そんなこと言わないで。だめ。いやぁ、困る。困る。ハァアァン」

心からとまどい、この状況をいやがっていることは嘘ではないだろう。それでも理沙子は、自分の肉体をコントロールできなくなっていた。

舐めれば舐めるほど、熟女の痙攣は艶めかしさと激しさを加えた。

粘膜の園は尻あがりに潤みを増し、果実のような甘酸っぱい匂いをこれでもかとばかりにふりまきはじめる。

「ああ、理沙子。はぁはぁ……こんなもの、もう脱いじゃえ……」

「キャン、タカちゃん……だめ、裸にさせないで。いや。困る。あああッ……」

隆はワンピースをむしりとるように、理沙子から脱がせた。理沙子は脱がされることをいやがりながらも、すでにぐったりとしてしまっている。

あらがう力は、血気にはやった隆にとってものの数ではなかった。

見る見るいとしい女の身体からワンピースとブラジャーを引きちぎり、一糸まとわぬ姿にさせる。

「くぅ、早々とやってくれるね。ほら、瑠奈。おまえも……」

「あぁン、典人さん。あああ……」

負けじと井上も、四つん這いの彼女から着ているものを脱がせはじめた。瑠奈はエロチックなあえぎ声をこぼし、されるがままになる。

（ああ、瑠奈……）

リビングルームにはあっという間に、生々しい薄桃色に紅潮した淫牝たちの裸身がさらされた。

かたやムチムチと肉感的で、三十代らしい背脂《せあぶら》感をたたえたジューシーな裸。かたやまだなお二十代のピチピチ感をたたえた裸。

こうして見るといろいろな部分で、コントラストのきわだつ人妻たちだった。

だがやはり、どちらも痴女であることは間違いない。

ピンク色と淡い鳶色という違いこそあるものの、四つの乳首は全部そろってビンビンにしこり勃《た》っている。

「おお、理沙子。んっ……」

「ハッヒイィン」

理沙子を全裸に剥いた隆は、あらためて股間のワレメにむしゃぶりついた。理沙子は派手に裸身を痙攣させ、背すじを浮かせてバウンドする。

「アァン、タカちゃん。だめ、困る……」

「困れ、困れ。でも、メチャメチャ興奮するだろう？　んっ……」

……ピチャピチャ。　れろれろ、れろ。

「ああああ」

……ピチャピチャピチャ。れろん、れろれろ。ピチャピチャ。

「うあああ。あああああ」

「くう、理沙子。エロいな、おい。ほら、瑠奈はどうだ……」

恥悦を露にしはじめた理沙子に負けるなとでも言うかのようだった。井上はさらに激しい勢いで、瑠奈の女陰を上へ下へと舐め立てる。

「ハアァン、の、典人さん。ああ、お尻の穴も。ねえ、お尻もおおおお」

(えっ。お、お尻)

瑠奈もまた、いっそう乱れてきているのが分かった。ソファの上で堪えかねたように尻をふり、自らグイグイと井上の顔面に押しつける。

「おお、瑠奈。こっちか。そうだったな。今日はこっちが主役だったな」

「ンッハアァァァ」

瑠奈にいやらしく求められ、井上はいっそう嬉々とした。

舌を這わせる箇所を、卑猥なワレメからアヌスに変え、顔を赤黒く火照らせて肛門をネチョネチョとしつこくほじる。

「ハッアアァン。ああ、典人さん……あっあっ。ひはあぁぁ……」

「フフ。おい、山内。よく見ておけ。今日はおまえの女房のココをいただくぞ」

「な、なんだって……」

井上は瑠奈の尻渓谷をねっとりと唾液でぬめらせながら、隆に宣言した。

「な？　そうだよな、瑠奈。おまえ、山内の前でアナル処女を俺に捧げるって約束してくれたもんな」

「ああン……」

井上は瑠奈をソファから下ろし、カーペットの床に膝をつかせる。瑠奈はソファのシート部分に上体を投げだし、背後にヒップを突きだした。

着ていた残りの服を、井上はすばやく脱ぎ捨てる。

全裸になるや、瑠奈の背後に腰を落とした。

反りかえる勃起をとって角度を変えると、ぷっくりとふくらんだ鈴口をヌチョヌチョと瑠奈の秘肛に擦りつける。

「あああああ。の、典人さん。アアァン、ひはあああぁ」

それだけで、瑠奈は感極まった声をあげた。

一刻も早いアヌス挿入を心待ちにするかのように、早く、早くとねだるかのごとく、いやらしく尻をくねらせる。

隆は井上への対抗心を燃えあがらせた。クンニの影響で欲望に火が点いた理沙子の手を取り、床から起こすと瑠奈の隣にエスコートする。

「タ、タカちゃん。ああ、そんな……」

「いいからいいから。ほら」

「ああ……」

隆は理沙子を、瑠奈と同じポーズにさせた。二人の痴女は仲よくヒップを後ろにグッと突きだしてみせる。

「ハアァン、タカちゃん……？」

「くぅ、山内……」

「井上。おまえはほんとに女の肛門が好きなんだな」

「なに……」

隆の軽口を聞き、井上がギロッとこちらをにらんだ。隆は口角を吊り上げる。

「ありがとうよ。おまえのおかげで……俺は理沙子のココを、こんなにいっぱい楽しめているぜ！」

「あああああ」

そう言うと、隆は理沙子のアヌスを舐め、即席の潤滑油をまぶしていく。

背後で体勢をととのえた。反りかえる勃起の角度を変えると、暗紫色の鈴口を肛門に当て、一気にズブリと刺し貫く。

「きゃはははあああ」

瑠奈より先に、理沙子が我を忘れた声をあげた。肛門に太い男根を挿入され、背すじをそらしていよいよ一匹の獣になる。

「あああ、タカちゃん。こんなところで――」

「こんなところだからいいんだって言ってるだろ。さあ、理沙子、遠慮するなよな」

「ええっ？」

隆にあおられ、理沙子はとまどう。隆はさらに言った。

「おまえのココを、こんなに感じる性感帯にさせたのは旦那だ。どんなにおまえが狂っても、それは旦那のせいなんだ。そら。そらそらそら」

……グチョ。

「うあああああ」

……グチョグチョ、ズチョ。

「あああああ。ああ、お願い。動かないで。困る。困る。ああああああ」

困ると言いつつ理沙子のアヌスは、強烈に男根を締めつけた。

暴れるペニスにおもねるかのように、強い力で怒張をしぼる。いいの、いいのと喜悦して、弛緩と収縮をくり返す。

それ以上に卑猥なのは、やはり理沙子の反応だ。

火が点いてしまった痴女の肉体は、もはや本人ですらどうにもならない。

紅蓮《ぐれん》の炎を轟々《ごうごう》とあげ、行くところまで行くしかないようなよがり声をとどろかせる。

「気持ちいいか、理沙子。そらそらそら」

隆は腰をしゃくり、井上と瑠奈のすぐ横で理沙子の尻の穴をほじった。理沙子は激しく恥じらいながらも、もはや自分を抑えられない。

「うああ。うあああ。だめ。だめだめ。そんなことしちゃだめなの。あああああ」

長い黒髪をふってとり乱した。

なにしろすぐ脇に、自分の夫と隆の妻がいるのである。

こんな状況をこれっぽっちも歓迎していないことは、当たりまえの話だった。理沙子は泣きながら「やめて。もうやめて」と哀訴する。

しかし――。

「そらそらそら。理沙子、自分を解放しろ。もう遅いんだ。俺たちもう、みんな後戻りはできないんだ」

「あああ、恥ずかしい。恥ずかしい。ああああああ」

「おお、理沙子……」

「恥ずかしい。恥ずかしい。こんな身体大嫌い。大嫌い。瑠奈さん、ごめんなさい。あなた、ごめんなさいイィィ。私こんな自分の身体、うあああああ気持ちいいンン」

いやいやと髪を乱し、涙のしずくを飛びちらせながらだった。

自分をなじり、井上と瑠奈に謝罪する哀切な言葉は、途中からいきなり上ずり、恍惚感に歓喜する卑猥な叫びに変わる。

「はぁはぁ。気持ちいいだろ、理沙子。それでいいんだ。見せてやれよ。感じている自分を。言ってやれ。タカちゃんのでっかいち×ぽ、死ぬほど気持ちいいって」

そんな理沙子に隆は感激し、いっそう興奮した。ますます鼻息を荒げ、まさに怒濤の腰ふりで肛肉をえぐってえぐってえぐり抜く。

「うあああ。あああああああ。タカちゃああああん。ああああああ」

理沙子の吠え声は、いよいよ狂気を帯びはじめた。「あ」の音は濁点混じりのものに聞こえる。あんぐりと開いた口からは、恥も外聞もなく涎《よだれ》が飛びちる。

「あああ。どうしよう。感じちゃう。ごめんなさい。ごめんなさい。気持ちいいよおおおおうおうおうおおおお」

「く、くそ。瑠奈……俺たちもいくぞ！」

とり乱してあえぐ妻のよがりっぷりに、妬心《としん》をかき立てられたのか。井上はその顔を赤黒く火照らせ、隆につづいて改めて挿入の体勢をととのえる。

「あぁん、典人さん。来て。早く来てえぇっ」

瑠奈はどこかうれしそうだった。

「ほら、早く来てってばああ。理沙子さんのこんないやらしい声聞かされたら、ほんとにおかしくなっちゃうンンン」

「おおっ、瑠奈。うおおおおっ！」

――ヌプッ。ヌプヌプヌプッ！

「きゃあああああ」

井上は、隆に負けじと瑠奈の秘肛にヌプリと男根を突き刺した。

すぼまりたがる糞門が無理やり全方向に広げられ、哀れなまでに皮を突っぱらせて野太いペニスを受け入れる。

「る、瑠奈。ああ、とうとう俺、瑠奈の尻の穴にち×ぽを……」

すぐ隣で自分の妻を犯されながらも、瑠奈の初アヌスを征服できた悦びは、やはり感慨深いようだった。

井上は、天を仰いでうっとりとため息をこぼす。そしてすぐさま、もう一度足を踏んばり直すと――。

「おお、瑠奈っ」

……グチョリ。

「キャヒィイン。や、やだ。ああ、やっぱり変。この穴変だよおおう。あああああ」

「変じゃない。変じゃない。おおお……」

……グチョッ。ヌチョヌチョ、グチョ。

「あああああ。だ、だめ。動かないで。変なもの出ちゃいそう。やだ、恥ずかしい。典人さん、止まって、止まって。私、出ちゃいそうだよおおう。あああああ」

「アアン、瑠奈さん。いやらしい声。こ、興奮しちゃう。こんな声聞いたら、私……私……あああああ」

すぐそこで艶めかしい声をあげはじめた瑠奈に、理沙子も官能のボルテージがあがった。

目の前のソファを爪でかき、肛肉の中をほじくり返される品のない快感に、痴情を爆発させて別人のようになっていく。

「り、理沙子。気持ちいいか。尻の穴、気持ちいいか」

我を忘れて狂乱する美しい女を見ることには、やはりなにものにも代えがたいものがあった。

井上だって、隆の妻を寝取っていたのだ。遠慮することなどなにもないと開き直り、隆は友人と妻の前で、かつての恋人の肛肉の中を蹂躙《じゅうりん》する。

「ああ。うおおう。うおおうおうおうおう」

理沙子は完全に痴女のスイッチが入ったようだ。

あんぐりと、小さな口を目いっぱい開いた。

つつましやかで上品な顔立ちをおしげもなく崩壊させ、排泄孔をほじられるいやしい悦びに身を焦がす。

「気持ちいいかって聞いてるんだ、理沙子」

「ああ、そんなこと聞かないで。聞かないでえええっ。ああああああ」

「理沙子！」

「き、気持ちいい。瑠奈さん、ごめんなさい。あなた、ごめんなさいイイン。タカちゃんのち×ぽ気持ちいいの。いけないって分かってる。でもタカちゃんのち×ぽでおかしくなる。私、いつだつて、タカちゃんとするとおがじぐなる。ああああ」

いよいよおかしくなりはじめた理沙子に、井上の鼻息もたまらずあがった。

「ぬうう、理沙子……くそっ！　くそっ！　くそおっ！」

「ヒイィン、典人さん。あっあっ、いやあぁ。なにこれ。いやだ、なにこれええ。出ちゃいそうなのに気持ちいい。出ちゃいそうなのに気持ちいいよおう。あああ」

「ああ、瑠奈、俺も気持ちいい！　おまえのケツマ×コ最高にいいよ！」

ジェラシーをガソリンにした井上の秘肛凌辱は、ますます獣の様相を帯びた。

滑稽という言葉が似つかわしいほど腰をしゃくり、瑠奈の直腸の奥深くまで、猛る男根を突き刺してはすぐさまズルズルと勢いよく抜く。

そんな井上の激情を剥きだしにしたピストンに——。

「あああぁ。おおおおおう」

瑠奈が吠えた。理沙子に遅れてこれまたとうとう痴女化していく。そして——。

「おおおう。瑠奈さん。おおう。おおおおう」

隣の瑠奈に刺激され、理沙子もますます昂ぶった。ひりつきだした性感をいっそう鋭敏なものに変え、官能のボルテージをあげていく。

「おお、理沙子……たまんない。もう出すよ！」

波うつように開口と収縮をくり返す菊蕾の快さに、隆は早くも最初の頂点を迎えつつあった。

ヌルヌルした腸壁とカリ首が擦れあうたび、腰の抜けそうな快美感がまたたく。腰から背すじに大粒の鳥肌を何度も駆けあがらせた。

口の中いっぱいに甘酸っぱい唾液が湧き、ググッと奥歯を嚙みしめれば、甘酸っぱさは全身に広がる。

「ぬうっ、山内……はぁはぁはぁ……！」

「ああん、典人さん。お尻の穴すごい。すごいすごいすごい。やだなにこれ。知らなかったああ。気持ちよくなっちゃうよおう。ああああああ」

男同士の痴女嬲《なぶ》りは、自然に激烈さを増した。隆に負けじと井上もスパートをかけ、アナル処女の瑠奈を一気に高みへと押しあげていく。

――パンパンパン！　パンパンパンパンパン！

「あああ。お尻の穴気持ちいい。イッちゃうよおう。イッちゃうよおう。あああああ」

「ヒイィ。私もイッちゃう。て言うか出ちゃう。出ちゃう出ちゃう。でも気持ちいいの。こんなの初めて。あああ」

「はぁはぁ。はぁはぁはぁ」

湿ったヒップを股間がたたく二重奏が真っ昼間のリビングにひびいた。

そんな艶めかしい音をかき消すほどの音量で、あられもない声がリビングの大気をふるわせる。

（ああ、もうイク！）

恥悦を剥きだしにする淫牝たちに情欲を刺激された。隆は理沙子だけでなく、瑠奈まで犯しているような気分になる。

もしかしたら、それは井上も同じかも知れなかった。

「ヒィン、タカちゃん。イッちゃう。イッちゃうンン」

「イグイグイグッ。おおおおおおっ」

「ああ、出る……」

「うおおおっ。おっおおおおおおっ‼」

——どぴゅっ、びゅるる！　どぴゅっどぴゅっ、どぴぴぴっ！

二匹の痴女は、同時にクライマックスに突きぬけた。

彼女たちを犯す二匹の牡も同様だ。

隆も井上も、痴女の肛門に根元まで陰茎を埋めていた。ドクン、ドクンと音さえ立てそうな勢いで、大量の精子がアナルの奥深くに注がれていく。

「あっ……はうぅぅ……とろけ、ちゃう……」

「アァン……すごい気持ちいいっ……あぁぁぁ……」

並んでアヌスを捧げる美しい痴女たちは、それぞれに裸身をふるわせ、肛門蹂躙の余韻におぼれた。

どちらの瞳もドロリと濁り、まだなお淫らなトランス状態のただ中にあることを物語っている。

肛門への一発だけで満足できるほど、どちらもやわな女ではなかった。

6

……ちゅぽん。

「ハアアァン……」

肛門から抜いた陰茎は、直腸粘液と精液の混じりあった体液で、蜂蜜でも塗りたくったようになっていた。

隆は苦笑する。

痴女たちのことを笑えない。彼の肉棒もまたおとろえ知らずの雄々しさで、天を向いて張りつめたままである。

「はぁはぁ……も、もうだめ。もうだめえええ」

「えっ。わわっ、理沙子……」

抜けてしまった男根の後を追おうとするかのようだった。

ぐったりとソファのシートに身を投げだしていた理沙子が、いきなりこちらをふり向き、抱きついてくる。

「おお、理沙子……」

「もうだめ。分かってる。こんなのいけないって分かってる。でももうだめなの。ほんとにだめなの……」

「あああ……」

隆は理沙子の勢いのまま、床に仰向けにころがった。勃起したままの極太が、ブルン、ブルンと逞《たくま》しくしなって露を飛ばす。

理沙子はすでに、薄桃色に染まった裸身から汗を噴きださせていた。

きめ細やかな肌のいたるところに、霧吹きで吹きかけたかのような微細な汗がにじみだしている。

痴女化すると、いつも発汗が激しくなる女だった。それは瑠奈も同様だったが。

「あぁん、タカちゃん。鎮めて……私を鎮めて……！」

仰臥する隆の股間に、理沙子は色っぽくまたがった。

白魚の指にペニスをとり、亀頭の向きを天へと変えると、自ら腰をくねらせて淫肉をそこに近づける。

……ニチャ。

「うおお、理沙子……」

「ハアァン、タカちゃん……タカちゃん――！」

……ヌプッ。ヌプヌプヌプッ！

「ハアアアァン」

理沙子は腰を落とし、汁まみれの牡茎をおのが秘唇に呑みこんだ。

うずくカリ首が膣の凹凸と擦れあいながら、最深部の子宮口へと深く、深く、結合していく。

「くうぅ、理沙子……」

「アアン、タカちゃん。もうだめ。だめだめだめ。ああああ」

「うおお……」

……バツン、バツン、バツン。

性器同士をズッポリとひとつにつなげるや、理沙子は甘えるように、隆の裸身に抱きついてきた。

熟女の身体は、早くも体温があがっている。熱でもでたような艶めかしい温みは、ニチャニチャと粘つく汗のおまけつきだ。

「ハアァン。ああ、気持ちいい。今度はオマ×コが気持ちいいの。あはあぁ」

隆にしがみついたまま、理沙子はカクカクと腰をしゃくった。

夫と瑠奈に見られているというのに、もはやそんなことはどうでもよくなってしまっている。

「おお、理沙子、気持ちいい……」

今日もまた、理沙子の蜜壺はとんでもなく狭隘だった。そんな狭苦しい肉穴にペニスをしごかれて新たな快感が全身に広がる。

隆はたまらず、理沙子の尻肉をつかんだ。

汗で湿った豊満な臀丘をもにゅもにゅと乳のように揉みしだき、同時に左右にも動かして、くぱっ、くぱっと尻の谷間を何度も割る。

「はあァ、ああ、そんな。いやンいやン、そんなことされたらとろけちゃう。私、もっととろけちゃうンンン」

「くうう、理沙――」

とろけてしまいそうなのは、隆も同じだ。次なる射精衝動が、早くもじわじわと高まってくる。

理沙子の動きにシンクロさせた。隆は自分も腰をふり、性器同士の結合をいっそう激しいものにする。

「アッハアァアン。いやンいやン。あっあああぁ」

――ブッフウゥウ！

（えっ）

その思いがけない爆《は》ぜ音は、とり乱した理沙子の淫声すらかき消すかと思うほどだった。

すぐにはなにが起きたのか分からない。しかし隆はようやく知る。

「まあ、理沙子さん、いやらしい。お尻の穴から隆さんの精液が……」

指摘したのは、瑠奈だった。

一度目の昇天の後、けおされたように二人のまぐわいを見ていた瑠奈は、とんでもないものを目にしてしまったとばかりに、ハイハイをして理沙子の後ろにやってくる。

「アァアン、瑠奈さん。恥ずかしいンン。でも……でもおおっ――」

……ブホッホホオッ！

「あああああ」

「あらま」

またしても、理沙子の尻のあたりからいやらしい爆ぜ音がした。

どうやら理沙子は興奮が増すあまり、先ほどのアナルセックスで尻に注がれたザーメンを品のない音を立てて肛門から噴きださせているようである。

「くうぅ、理沙子……」

井上も啞然とした顔つきで理沙子を見た。

いやらしい妻の姿に彼もまた欲望を刺激されるのか。股間のペニスはビクビクと、ししおどしさながらに何度もしなる。

「あン、もう理沙子さんってば、いやらしい。きれいな顔して……なんていやらしいの」

そう言うと、瑠奈は理沙子の尻の谷間へとむしゃぶりついた。そこにはすでに隆の精液がべっとりとあふれだしている。

「んっ……」

「あああ。あああああ」

瑠奈は左右に顔をふりながら舌を突きだし、理沙子の尻に噴きだしたザーメンを舐めようとした。そうした瑠奈の舌の刺激に反応し、理沙子がさらに淫声を上ずらせる。

「んっんっ……アン、隆さんのち×ぽ汁……すごくドロドロ……んっ……」

……ピチャピチャ。ちゅぱ。

「いやああ。舐めないで。瑠奈さん、お願い。タカちゃんの精液、私のものです。舐めないでえええっ」

「おお、理沙子……」

「くうぅ、理沙子。おまえ……」

精液を舐めとられ、いやがって訴える理沙子に隆は感激した。そこまで山内が好きなのかとばかりに、井上も愕然とうめいている。

「はぁはぁ……なによ、ほんとは私のものなのに……でもいいわ。舐められるのがいやなら、すすっちゃう！　んっ……」

……ぢゅるぢゅるぢゅる。

「きゃあああ」

瑠奈は嬉々として理沙子の反応を楽しんでいる。

今度は朱唇をまん丸にすぼめ、理沙子の肛門に吸いついて、ストローでも吸うようにアヌスを吸いはじめる。

「ほらほら。出てきなさい、隆さんのち×ぽ汁。んっんっ……」

……ぢゅるぢゅる。ちゅうちゅぱ。ぢゅるぢゅる。

「い、いやああ。すすらないで。私が注いでもらったんです。ごめんなさい、瑠奈さん。こんなこと言う資格、私にはない。でも、すすらないで。タカちゃんのち×ぽ汁すすらないでええっ！」

「り、理沙子……」

瑠奈につられて、理沙子も精子ではなくち×ぽ汁と言った。

エスカレートする痴女二人の姿に、隆は陰茎をビクビクとしならせつつ、亀頭を膣ヒダに擦りつける。

「ヒイィン。あァン、タカちゃん。感じちゃう。とろけちゃうンン。だめ、だめえ、瑠奈さん。お尻の穴、吸わないで。あっあっあっ。ち×ぽ汁出ちゃう。お尻の穴から出ちゃう。出ちゃうウウゥッ」

「アァン、理沙子さん。もうほんとにエッチなんだから。理沙子さんの肛門、こんなにヒクヒクして。んっ……」

……ぢゅるぢゅるぢゅる！　ぢゅるぢゅるぢゅるぢゅる！

「ああ、気持ちいい。お尻の穴も感じちゃう。いやン、ち×ぽ汁……汁が、汁が。あああああ」

——ブホホオオッ！

「きゃあああ」

「おお、エ、エロい！」

強引にアヌスをすすられて、たまらず理沙子は精液を噴いた。びゅるびゅると飛びだした濃厚な白濁が、湿った音を立てて瑠奈の美貌を直撃した。

「ああん、理沙子さん……すごい。ぷっはあぁ⁉」

「あああ。ああああああ」

「ああ、理沙子。理沙子。そらそらそら」

肛門からザーメンを噴きださせる理沙子の痴態に、隆もますますいきり勃った。うずく亀頭をズンズンと子宮口へとめりこませる。

波うつ媚肉が気持ちよさげな反応を返し、さらにいやらしい蠕動で隆の勃起をムギュリ、ムギュリとプレスする。

「あああ。気持ちいい。気持ちいい。あああああ」

——ブッホオオッ！

「ぷはっ⁉　アァン、理沙子さん、いやらしい。こんなにいっぱいち×ぽ汁を吐きだして……」

「おお、瑠奈。瑠奈ああっ！」

目の前でくり広げられる痴態に、たまらなくなったのは井上だ。

四つん這いになって理沙子の尻に吸いついている瑠奈に襲いかかった。バックで体勢をととのえるや、いきなりズブリと瑠奈のワレメにペニスを突き刺す。

「ひゃあああん、典人さあああん」

「こ、興奮する。おまえたち、いやらしすぎだぞ。うおっ。うおっ、うおっ」

……バツン、バツン、バツン。

「あああああ」

井上はガツガツと腰をふり、瑠奈の蜜壺を掘削する。四つん這いになった瑠奈は、理沙子の尻に顔を突きだす体勢のままだ。

「ひいぃん。ひいいぃ」

バックから激しくペニスで突かれ、汗をにじませた裸身が前後に揺れる。重力に負けて垂れ伸びた乳房が、たゆんたゆんと重たげに揺れた。

火照った瑠奈の顔は自分の意志とは関係なく、理沙子の尻の谷間へと、リズミカルに密着しては離れることをくり返す。

「ぷっはあ。あぁん、典人さん……だめ、ぷっはあ」

「はあぁ。ああ、瑠奈さん。あっあっ、いやン、お尻の穴に瑠奈さんの鼻が……あっ、ああ、んあああぁ」

「くう、理沙子。マ×コがメチャメチャち×ぽを締めつける。も、もうだめだ！」

「あぁん、タカちゃん。あっああああっ」

――パンパンパン！　パンパンパンパン！

あらがいがたい爆発衝動が、いよいよ隆を落ちつかなくさせた。膣ヒダと擦れあうカリ首は、さらに過敏さを増している。

汗みずくの痴女をかき抱き、怒濤の勢いで腰をふった。理沙子はもはや自分で動くことはできなくなり――。

「うあああ。き、気持ちいい。ち×ぽいっぱい来る。ち×ぽいっぱい刺さってくる。あああ。ああああ」

淫らな獣になり、浅ましい卑語を炸裂させる。隆はそんな理沙子にどうしようもなく興奮した。

「理沙子、オマ×コ気持ちいいか」

「うあああ。タカちゃあああん」

「言うんだ。オマ×コ気持ちいいか」

「オ、オマ×コ気持ちいい。タカちゃん、オマ×コ気持ちいいンン！」

「ケツの穴はどうだ」

四文字言葉まで叫ぶ理沙子に、サディスティックな痴情を刺激された。

隆はもう一度やわらかな臀肉をつかみ、くぱっと肉を割ってピンクのアヌスを露にさせる。

「ハアァン、タカちゃあああん」

「瑠奈。舐めてやってくれ。なあ、瑠奈」

「あぁン、隆さん。んっんっ……理沙子さん……んっ……」

「あああああ。ああああああ」

隆にあおられ、瑠奈は井上に犯されながら、ふたたび舌を飛びださせた。

バックから井上に突かれるたび、とがった舌が、ヌチョリ、グチョリと理沙子の肛門に突きささる。

「ヒイィン、お尻の穴に瑠奈さんの舌が。ああ、どうしよう。感じちゃう。お尻の穴も気持ちいい。もっとして。瑠奈さん、もっとして。あああああ」

「んっはあ、理沙子さん。ああ、いやらしい。あっあっ、典人さん。んんっ……」

……ヌチョヌチョ！　グチョグチョ、ヌプッ！

「うあああ。お尻の穴、気持ちいいよう。ああ、また出ちゃう。あああああ」

——ブホッホホオッ！

「ぷはあっ。はぁん、理沙子さん……」

理沙子の秘肛からは、量はさすがに減ってきたものの、さらなるザーメンが飛びちった。

「ああ、気持ちいい。気持ちいい。出る出る出る。あああああ」

——ブホッ！　ブッホホオッ！

「ぷっはははあっ。ああ、興奮する。典人さん、もっとオマ×コかきまわして。私もイッちゃう。もうイッちゃうンン」

「ぬうう、瑠奈。うおおおっ！」

——パンパンパン！　パンパンパンパン！

二匹の痴女の競艶に、井上も激しく興奮している。その顔をいちだんと赤黒く火照らせ、狂ったように腰をふって瑠奈の蜜洞を猛る勃起でかきまわす。

「ヒイイイ。アッアアァッ」

井上がくり出す猛々しい抽送《ちゅうそう》に、瑠奈が歓喜の悲鳴を跳ねあげた。

もう長くは持たないと言うかのように、汗のしずくを飛びちらせて薄桃色の裸身をのたうたせる。

湿ったヒップを股間がたたく、淫靡な音が二つ一緒に鳴りひびく。

「あああ。気持ちいい。典人さん、気持ちいい。もうだめ。イッちゃう。イッちゃうイッちゃうイッちゃうンン」

「ヒハアァ、タカちゃん。私ももうダメ。イッちゃうの。イグッ。イグッ。イグイグイグイグッ。うあああああ」

痴女たちのとり乱した訴えに、男たちも反応した。

「ううっ。俺ももうだめだ。さあ、出すぞ。出すぞ、理沙子！」

「ハアァン、タカちゃあああん。あああああ」

「うおお、俺も出る。イクぞ、瑠奈っ！」

「うあああ。典人さん。出して。出して出して出して。きゃあああああ」

「ああ、出る。うおおおおおっ」

「おおおおっ。うおおおおおおおっ‼」

——どぴゅっ、どぴゅっ、どぴゅっ！　びゅるぶぴぶぴぴっ！

四人は同時に絶頂に達した。

美しい痴女たちは、どちらも恍惚の雷につらぬかれる。

「あああ……」

二人同時に、官能的なうめき声をあげた。

ビクン、ビクンと競いあうかのようにして、汗まみれの裸身を痙攣させ、ぐったりと脱力する。

瑠奈はもう、四つん這いになどなってはいられなかった。床へと突っ伏す。そんな彼女に引っぱられるように、井上が上から身体を重ねた。

瑠奈はみじめにつぶれた蛙のようである。両脚をいやらしいガニ股に開き、身も蓋もない格好になって荒い息をついている。

「はうう……タ、タカちゃん……あう……あうう……」

なおもしきりに裸身を痙攣させながら、理沙子が隆を呼んだ。

隆の首筋に埋めていた小顔を、ようやくけだるげにあげてこちらを見る。

噴きだす汗のせいで、黒髪がべっとりと額や頬に貼りついていた。乱れた髪の奥から覗く目は、まだなお淫らにねっとりと潤み、淫靡な輝きを放っている。

まだまだやるぞと、隆は新たにいきり勃った。

ところが――。

「ハアァン、瑠奈さん……」

「あああ、理沙子さん。あああああ」

(えっ……ええっ⁉)

7

「むはあぁ、瑠奈さん。ごめんなさい、ごめんなさい。んっんんっ……」

「アン、ウフフ、私こそ……んっ、ハアァン……」

……ピチャピチャ、れろん。ちゅぅう。

思いがけない展開となった。

理沙子が瑠奈を熱っぽく求める。すると瑠奈もまた、井上の下から抜けだして、自らも理沙子を求めていく。

汗まみれの痴女たちは互いの裸身をかき抱き、熱烈なキスに没頭した。

どちらもうっとりと目を細め、美貌がくずれてしまうのもいとわず、ついには舌まで突きだして下品なベロチューにのめりこむ。

「おお、理沙子……」

「瑠奈……えっ、ええ……？」

隆は意外ななりゆきに目をうばわれた。思いは井上も同じらしく、あんぐりと口を開けて二人の痴女を見つめている。

「理沙子さん……とっても気持ちよさそう……んっんっ……」

「ごめんなさい。ごめんなさい、瑠奈さん。でもね――」

「いいの。いいんだってば。でもね……言っておくけど、私の方が幸せよ……」

汗みずくの痴女たちはねっとりとしたベロチューにおぼれながら、色っぽく言葉をかわしあった。

「瑠奈さん……」

「だって……典人さんのおち×ぽ、とっても気持ちいいんだもの……」

「そ、そんな。悪いけど……タカちゃんのおち×ぽだってすごくいいわ」

優越感を丸だしにする瑠奈に、理沙子も負けてはいない。瑠奈へのねばっこいベロチューをつづけつつ、愛する隆を自慢する。

そうした痴女二人の男根自慢は、さらにエスカレートした。

「ううん、やっぱり典人さんのち×ぽよ。んっんっ……」

「タカちゃんなの。私にはやっぱりタカちゃんのち×ぽなの」

「アアン、典人さんのち×ぽだってば。おっきくてエラが張っていて。ハアン……」

「知ってるわ。でもタカちゃんのち×ぽだって負けてない。それに……硬くて……熱くて……いつも私を幸せにしてくれるの！」

「おお、理沙子！」

「瑠奈。瑠奈ああっ！」

「はああぁん」

「あああ、典人さああん。ああああああっ」

——ズブッ。ズブズブズブッ！

口のまわりを唾液でべっとりと汚しながら卑猥な自慢をつづける痴女たちに、隆も井上も興奮をこらえきれなかった。

隆は理沙子を、井上は瑠奈を、相手から引き剝がす。

隆は獣の態勢で、井上は正常位の格好になり、いとしい女のぬめり肉にいきり勃つペニスをねじりこむ。

「あああン、タカちゃん。タカちゃん。あああ。あああああ」

「典人さん。ああ、またち×ぽ、きた。これなの。これこれ。あああああ」

「ぬうっ。ぬううっ……」

……ぐちゅる。ぬぢゅる。

「ああああ」

隆と井上は痴女の肉壺に渾身の力で肉茎をえぐりこみ、ふたたび激しく抽送する。

立てつづけの射精で、さすがにいささか疲れていた。

だが、いやらしくよがり泣く女の膣でペニスを抜き差しできる悦びにまさるものなどこの世にない。

「ああ、ち×ぽいいい。タカちゃんのち×ぽいいよう。あああああ」

四つん這いになった理沙子は、前へ後ろへと裸身を揺さぶられながら、あられもない嬌声をあげた。

大きく開いた朱唇からは、唾液が糸を引いて飛びちっている。

唾液の粘度は相当なもののようだ。なかなか簡単にはちぎれずに、飛びだした唾液がそのままあごに貼りついてブラブラと揺れる。

隆の股間が理沙子のヒップをうつ、湿った爆ぜ音がひびいた。

前後に身体を揺らされて、たわわなおっぱいがブルン、ブルンと重たげに肉実を躍らせる。

「ち×ぽいいか、理沙子。んん？　やっぱり俺のち×ぽが一番か。はぁはぁ……」

どうだ井上と天狗になりながら、隆は友人の妻に聞いた。

「ああ、タカちゃんのち×ぽがいい。あなた、ごめんなさい、ごめんなさい」

「おお、理沙子……」

またも謝罪する自分の妻に、瑠奈を犯しながら井上がうめく。

「わ、私、地獄に落ちてもいいの。悪いことしてるって分かってる。でも私、タカちゃんのち×ぽが好き。タカちゃんにこうされるために生まれてきたの。もう恥ずかしがらなくてもいいの。幸せ。幸せ。私、生まれてきてよかったよう」

「くう、理沙子。俺もだからな！」

かわいい理沙子の訴えに、隆は鼻の奥がつんときた。

地獄に落ちるなら二人一緒だ。そう思いながら、怒濤のえぐりこみでぐしょ濡れの媚肉をほじくり返す。

「ヒイイ。ああん、タカちゃん。気持ちいい。しっこしちゃう。気持ちよくって、しっこ出るウウッ」

「おお、理沙子。またイクッ」

——パンパンパン！　パンパンパンパンパン！

「うおおう。おおおおう」

「ああん、典人さん。私も気持ちいい。オマ×コ、ビリビリしびれちゃう。しびれちゃうンンン」

「くう、瑠奈。愛してるぞ。分かってるよな!」

一足先にスパートをかけだした隆と理沙子に追いすがるかのようだった。

井上もまた腰の動きを一気に加速し、狂ったようなえぐりこみで瑠奈の肉壺をかきまわす。

「ヒイィ。分かってる。うれしいよう。幸せだよう。あああああ」

そんな井上のピストンに、瑠奈も喜悦の吠え声をあげた。

たいらにつぶれたおっぱいが、ユッサユッサと房を踊らせ、せわしなく乳首の位置を変える。

見ればいつしか理沙子と瑠奈は、しっかりと指と指とをからめあっていた。

(ああ、もうイクッ!)

どんなに我慢をしようとしても、もはや限界のようである。股の付け根の奥底から嵐の夜の海のように、凶悪な荒波が襲いかかってくる。

「理沙子、また出すぞ。出すからな」

さらにピストンの速度をあげた。

うずく亀頭をヌメヌメのヒダ肉に擦りつけながら、隆は宣言する。

理沙子は窮屈な格好で後ろをふり向き、

「ああ、出して、タカちゃん。いっぱい出してえええ。全部受け止めてあげる。私が全部……ぜんぶううあああ気持ちいい。気持ちいい。気持ちいい。あああああ」

「おお、理沙子！」

理沙子が吠えた。隆がそれに呼応する。すると瑠奈も、理沙子に負けじといやらしく叫んだ。

「おおおう。典人さん、私も受け止めてあげる。ち×ぽ汁いっぱいどぴゅどぴゅさせて。私のマ×コ、典人さんのち×ぽ汁でグショグショにしてえええっ」

「くうぅ、瑠奈。ああ、俺ももうダメだ」

「ヒイイィ。ヒイイイィ」

二人の痴女の引きつった声が、ひとつにからまりあって空気をふるわせる。隆と井上は乱れた吐息をまき散らし、最後の力をふりしぼって生殖の悦びに耽溺した。

襲いかかろうとする荒波は、いよいよ音量と勢いを増して近づいてくる。

股間をたたきつけるたび、まん丸な尻肉が薄桃色の肉肌にさざ波を立てた。理沙子の裸身からは、汗のしずくが滝のように流れている。

「ああ、イグッ。イグイグイグッ。タカちゃん、もうだめ。イッぢゃうンンンン」

すべての音に濁点がついているような嬌声だった。

理沙子は黒髪をふり乱し、目の前の床をガリガリとかいて、痴女だけが知るとんでもない恍惚に狂乱する。

そしてそれはまた、瑠奈もまったく同様だ。

「私もだめ。典人さん、イグイグイグッ。あああああ」

「おお、瑠奈。はぁはぁはぁ」

正常位の態勢で突きあげられ、瑠奈のたわわな乳房がグルン、グルンと円を描いた。つんとしこった鳶色の乳首が、あちらへこちらへと向きを変える。乳房を伝った汗のしずくが、二つの乳勃起から糸を引いて四散する。

「あああ。あああ。あああああああ」

「うあああうあう。うあああああ」

気が違ったような淫牝たちの嬌声が、リビングいっぱいに鳴りひびいた。

理沙子と瑠奈は互いから指を放し、アクメ一歩手前の茹《ゆ》だるような恍惚感に、なにもかも忘れてのめりこむ。

「もうだめ。イグッ。イグイグイグッ。あああああ」

「あああ。イッちゃうイッちゃうイッちゃう。ギッヒイイィ」

「おお、出る……」

「うおおおう。うおおおおおおおおおっ‼」

――びゅるびゅるびゅる。どぴっ！　どぴどぴどぴぴっ！

峻烈な電撃が、脳天から隆をつらぬいた。

意識が完全に白濁し、全身がペニスになったような気持ちよさに打ちふるえる。

視覚も聴覚も喪失した。

ただひたすら、亀頭から精子をしぶかせる獣の悦びにうっとりとする。

三回、四回、五回――隆の陰茎は心の赴くままに脈動し、そのたび大量の精液を、いとしい痴女の膣奥に、たんまり、こってりと注ぎ入れる。

「あ……あああ……あああああ」

そんな隆を現実世界へと引き戻したのは、切迫した理沙子の声だった。

「――ハッ。理沙子……」

アクメの恍惚感に酔いしれて裸身をふるわせつつ、理沙子は声を上ずらせる。

「で、出る……しっこ出る……出る出る出るゥゥンン」

そうだったと、隆はようやく思いだした。あわてて腰を引き、ちゅぽんと膣からペニスを抜く。

「うあああ。ああああああ」

「おお、理沙子。エ、エロい……」

肉栓を失った理沙子の媚肉は、二度、三度とあえぐように蠕動するや、もはや我慢もこれまでとばかりに、勢いよく小便を噴きださせた。

堰《せき》を切ったように噴出する金色の液体が、まさにシャワーのようになって隆の身体を直撃する。

「あああ……」

隆はうっとりと、いとしい女の失禁シャワーを浴びた。

美貌の痴女は白目を剝き、なおも痙攣をくり返しながら、放尿の快感におぼれつづける。

「くぅぅ、山内……」

「井上……」

声をかけてきたのは、同じように昇天した井上だった。

見れば彼の極太をズッポリと膣に丸呑みしたまま、瑠奈もまた白目を剝き、舌を飛びださせて失神している。

「ああ……しっこ、気持ちいい……もうだめ……だめぇぇぇ……」

「理沙子……」

理沙子はなおも失禁の悦びにひたっていた。

隆はそんな理沙子にやさしく声をかけ、もう一度井上に視線をやる。

目と目があった。目つきがやわらぐ。

二人はどちらからともなく、相手にフッと微笑んだ。

終章

「なにを話してんだかな、あいつら……」

「まったくだ。仲いいよな、しかし」

あきれたように井上が言い、隆もそれに同調した。

駅弁を販売するショップの中で、理沙子と瑠奈がキャッキャとはしゃぎ、一緒に弁当を選んでいる。

隆は井上と顔を見あわせた。一緒に苦笑して首をすくめる。

新幹線のコンコースは、大勢の人々でにぎわっていた。誰もが発車サインを見あげ、腕時計で時間をたしかめてはあわただしく往来している。

女たちを待つ隆たちの足もとには、四人分のキャリーバッグが置かれていた。

「……あれから一年か」

「うん？　ああ、早いもんだよな」

隆がしみじみと言うと、井上も何度もうなずいた。二人の脳裏に蘇るのは、初めて四人で乳繰りあったホームパーティの記憶である。

あの日を境に四人の運命は変わり、新たな道を歩きはじめた。

あれからほどなく二組の夫婦は離婚をし、それぞれの夫婦関係を解消した。

そして、女性に課せられた待婚期間が終わるや、二組とも待ちかねていたかのように新たなパートナーと籍を入れ、新しい家庭を持ったのである。

四人で淫らなプレイに耽った、一年前のあの日にすでに萌芽はあったが、理沙子と瑠奈はあれ以来、女同士の絆を深め、なかよく交流をする仲になっていた。

今回の旅行も、二人の女が嬉々として計画をしたものだ。

貸切露天風呂つきの宿に四人で部屋をとり、二泊三日の旅の間、ずっと部屋にこもっていやらしいことをしつづけようというのである。

隆と井上はそんなパートナーにあきれながらも、結局は言われるがままになった。

なんだかんだと言いながら男たち二人も、そんな卑猥な旅行への期待に胸を焦がしていたのである。

「久しぶりに……」

「うん？」

あらぬ方を見て、井上が言った。

隆が先をうながすと、言いにくそうに目を泳がせる。

「久しぶりに、なんだよ」

「あ、いや。だから……」

井上は困ったようにオドオドとした。

「なんだよ。はっきり言えよ」

そんな井上に、焦れったくなって隆は催促をする。

「だから……」

「ああ？」

「ひ、久しぶりに……今夜は瑠奈のマ×コにち×ぽを挿《い》れてみるか？」

井上の顔に赤味がさした。隆はそんな友人を見て思わず吹きだす。

「それって……久しぶりに理沙子を抱かせろってことかよ」

「そんなこと言ってないだろ」

「じゃあいいのか。俺だけが瑠奈を抱いて、おまえは理沙子を抱けなくても」

「いや、だから、それは……」

「あははははは」

弁当を買い終えた人妻たちが、なおも楽しげに語らいながらこちらに近づいてくる。

さて、どうしようか——井上の提案も悪くはないなと思いながらも、隆は友人に意地悪をした。

「理沙子は抱かせたくないかな」

「ど、どうしてだよ。スワッピングも興奮するかも知れないぞ」

「やるなら俺と理沙子、瑠奈の３Ｐだ」

「俺はどうすんだよ」

「寝取られせんずり男係」

「そんなあ」

隆は思わず大笑いをした。そんな隆と井上に手をふって、かわいい痴女たちが近づいてくる。

どちらも魅力的だった。

この世に美しい痴女ほど、いやらしく素晴らしいものはない。

隆は二人に手をふり返し、こっそりと股間を熱くした。


（了）

※本作品はフィクションです。作品内に登場する団体、
人物、地域等は実在のものとは関係ありません。

人妻《ひとづま》 痴女《ちじょ》くらべ
〈書き下ろし長編官能小説〉
2020年8月24日　初版第一刷発行

著者……………………………………………… 庵乃音人
ブックデザイン…………………橋元浩明(sowhat.Inc.)
発行人…………………………………………後藤明信
発行所………………………………株式会社竹書房
〒102-0072　東京都千代田区飯田橋2－7－3
電　話：03-3264-1576（代表）
03-3234-6301（編集）
竹書房ホームページ　http://www.takeshobo.co.jp
印刷所…………………………… 中央精版印刷株式会社

定価はカバーに表示してあります。
乱丁・落丁の場合には当社までお問い合わせ下さい。
ISBN978-4-8019-2377-5 C0193